禍《まが》事《ごと》

警視庁異能処理班ミカヅチ

内藤 了

講談社
タイガ

主要登場人物

【ミカヅチ班】警視庁の地下を間借りしている警察庁の研究班

安田《やすだ》怜《れい》——エンパス系霊能力者　警察庁外部研究員。

折原堅一郎《おりはらけんいちろう》——首なし幽霊　もと警視正・ミカヅチ班最高責任者。

土門一平《どもんいっぺい》——陰陽師《おんみょうじ》　土御門《つちみかど》家の末裔《まつえい》・警視庁警部・ミカヅチ班班長。

極意京介《ごくいきょうすけ》——悪魔憑《つ》き　警視庁捜査一課の刑事・通称赤バッジ。

広目《ひろめ》天《あまね》——盲目の霊視能力者　警察庁外部研究員。

松平神鈴《まつだいらみすず》——虫使い　豊後杵築《ぶんごきつき》藩松平家の末裔・警察庁職員。

【三婆ズ《サンババー》】ミカヅチ班の外注先である特殊清掃業者

武者小路《むしゃのこうじ》リウ——白髪痩軀《そうく》で男好き。

大善《だいぜん》千《せん》——ドレッドヘアで熊《くま》体形。

小宮山《こみやま》かつ子《こ》——毒舌の漬物名人。

目次

デザイン・写真 — 舘山一大

禍事《まがごと》　警視庁異能処理班ミカヅチ

——警視庁本部及び警察庁を含む中央合同庁舎ビルが建つ場所は大老井伊《いい》直弼《なおすけ》が暗殺された桜田門外、豊後《ぶんご》杵築《きつき》藩松平《まつだいら》家の跡地であり、上空から見ると奇態な形状をしているが、それが奈落《ならく》に滾《たぎ》る怨霊《おんりょう》を鎮めるための『呪《しゅ》』であると知る者は少ない——

エピソード1　地霊のことわざ

――ことは言《こと》、わざは童謡《わざうた》・禍《わざわい》・俳優《わざをぎ》などのわざと同じくて、今の世にも、神又は人の霊などの祟《たた》るを、物のわざという、是《ぜ》なり――

本居宣長《もとおりのりなが》　古事記伝《こじきでん》

プロローグ

距離にして約三歩。刺すような北風にも首をすくめることなく、尊大に背筋を伸ばして前を行く上官の後ろ姿を、警察庁特殊研究施設所属の土門一平《どもんいっぺい》は複雑な想《おも》いで見つめていた。カツ、カツ、カツ、と、彼の高価な靴が鳴る。ビル群に切り取られた空には満月があるのに、雲が覆《おお》い隠してぼんやりとした光しか見えない。月の在処《ありか》を探るかのように、上官は顎《あご》を上向けて歩き続ける。背が高く、ガッチリとした体躯《たいく》は惚《ほ》れ惚《ぼ》れするほどで、整髪料で固めた白髪交じりの髪は木枯《こが》らしが吹いても乱れない。

対して土門のささやかな髪は、頭皮の上で縦横無尽に弄《もてあそ》ばれている。小柄《こがら》で猫背の土門には足下ばかりがよく見えて、地面を転がる落ち葉の動きが気にかかる。普通の人には見えないが、風に吹かれる落ち葉とか、風にも動かぬ木立とか、霧や雨や雪や光にこの世ならざるモノの気配を感じるからだ。人間も動物同様に危険を察知する能力を持って生まれたはずが、平和な環境に甘んじているうちにその力を失った。本能など使わなくても安全に生きられる環境にあるからだ。平和ならばそれでもいいが、有事の際には覚悟と準備が整わず、多くが命を落とすだろう。

「やはり引き返しませんか、警視正」

上官の高い背中に土門は請《こ》うた。

「もしくは明日にしませんか。夜は陰《いん》の気が勝るので」

「陰の気ねぇ」

と、上官は笑う。そしてやっぱり立ち止まろうとはしないのだ。

「オカルトがらみの事件を隠す、それはいい。一般人が物見高い根性で好き勝手に刑事事件を取り沙汰《とざた》し、被害者や関係者の人生を陵辱するのは許せんからね。だが、捜査する側のきみたちまでがオカルトにかぶれているのは如何《いかが》なものか」

折原《おりはら》警視正は振り向きもせずに言う。その声には抑揚《よくよう》がなく、土門の忠言など端《はな》から聞いていないとわかる。彼が上官となって以来、陰陽や怪異や異形《いぎょう》について何度も議論を交わしてきたが、一般人の常識としては、見えないモノや感じないモノを信じることができないらしい。それでも一向にかまいはしないが、徒《いたずら》にその存在を確かめようという態度は問題だし、何より危険だ。土門は意を決し、足を速めて上官の前に出ていった。

「折原警視正。無理に信じろとは言いません。けれど忠告と思って聞いてください。私があなたを止めるのは、あなたの顔に死相が浮いているからです。ご不快を承知で申し上げますが、行けば必ずよくないことが起こります。警視正が当部署へ配属されてご不満だったことは存じ上げておりますし、それについてどうこう申し上げるつもりはありません。でも、そういうときには気力が枯れてしまうのです。気力が萎《な》えて活力がなくなるその状態を、我らはケガレと呼ぶのです。凶兆です。気枯《ケガ》れた者が霊場へ近づくことは禁忌です。特に平将門《たいらのまさかど》の首塚《くびづか》周辺は……」

「我らねえ」

警視正は足を止め、振り返ることで土門の言葉を遮《さえぎ》った。そして、

「……土門くん」

と、あからさまな溜息《ためいき》を吐《つ》いた。

「ミカヅチ班に配属されたことをどうこう言いたいわけではないのだ。ただ、私はね、自分の職務がどういうものか、まったく理解ができないでいる。怪異が事件を起こすだと？　それを人がしたように偽装する？　ははは……」

そもそも怪異とは何を指す？　と、言いながら、折原警視正は虚《むな》しく笑う。

「きみもよく知っているように、ミカヅチ班には相応の予算が割《さ》かれているな？　それなのに班の存在自体が秘されている。清掃費の予算計上が異常に多いし、研究機関なのに夜勤がある。いや、夜勤の名目でよからぬことをしているわけでないことは、私も承知しているが、一番は……私にはきみたちの会話が理解できないのだよ。職務の意義も、重要性

もわからない。それでも班を率いていけというのであれば、せめて自分なりに納得したい。それが誠実というものだろう？」

警視庁本部に人知れずある警察庁の特殊研究機関『ミカヅチ』は、建物の地下に眠るモノを護《まも》って見張り、怪異による事件を人が起こしたように偽装して、この世に怪異など存在しないと世間に知らしめることが職務だ。

この班に所属するなら異能を持たねばならないが、警察も組織である以上、総括責任者に一般人が配属されることがあり、折原警視正もその一人だ。彼には呪《のろ》いや怨念《おんねん》、術に式神、祟りや忌《い》み地、禁足地、幽霊、妖怪《ようかい》、異能者など、すべてが胡散臭《うさんくさ》く思えるらしい。

「だから首塚へ行こうとしている。もしもきみが言うように、夜の気が……なんだ……不吉で禁忌で、本当に何かが起きるなら、私の理解も進むというもの。逆に何も起きなかったら、『きみたちの一般常識』を改めてもらう助けになるのではないかね。オカルト好きな連中の言葉を借りれば、あそこに眠るのは三大怨霊《おんりょう》のひとつだそうだな。その場所で工事をしているのだから、現状は禁忌に触れる状況ということだよな？　不遜《ふそん》な私がそこへ入って何かが起きれば、私自身も見識を改め、今の職務に意義を見いだせるというものだ」

将門の首級が眠ると伝わる将門塚は、武蔵国《むさしのくに》豊嶋《てしま》郡芝崎《しばざき》村、現在の東京都千代田区大手町にある。古くより住民は将門の障《さわ》りに悩まされていたが、徳治《とくじ》二年（一三〇七年）、諸国行脚をしていた僧が将門の首に法名を贈り、これを揮毫《きごう》した石碑を建立して鎮めたと伝わる。しかし、その後も徒《いたずら》に触れると祟りを起こした。

記録に残る新しいものでは、関東大震災で全焼した大蔵省（現在は財務省）庁舎を建て替えるため、首塚の場所に仮庁舎を建てると、時の大蔵大臣を含む関係者十四名が次々に亡くなっただけでなく、関係者に多数の怪我人《けがにん》や病人が出た。戦後は米軍が首塚を壊そうとしたが、重機が横転して死人を出した。祟りと思《おぼ》しき事象はその後も続き、触れるのも恐ろしい禁忌の場所とされている。

警視正は前方を見据えて言った。

「奇妙じゃないかね？　禁忌の場所でも改修工事ができるとは」

時代が変わり、首塚の周囲に高層ビルが建ち並んでも、首塚がある一角だけは鬱蒼《うっそう》とした雰囲気のままに残されてきた。しかし、隣接地の再開発が決まった今は、首塚も周囲の景観に溶け込むように改修されるというわけだ。

カツ、カツ、カツ……警視正は高らかに靴音を響かせながら街を行く。先に仮囲いが作られて、内部で工事が進んでいるが、この時間はすでに作業も終わり、工事現場は静まりかえっていた。カサカサカサ……コロコロコロ……干からびた落ち葉が足下を移動していく。首塚に近づくにつれ、地面から不穏な波動が立ち上ってくる。このあたりはその昔、古墳だったと伝えられている。古墳はエネルギーの濃い場所に築かれるから、落ち葉の動きで波動が見える。土門はますます警戒を強めた。

波動は見えずとも作用する力の類《たぐ》いを『気』と呼ぶが、このあたりの土が放出する不明の力は靴の裏から全身を通って脳天へ抜け、脳天から全身を撫《な》でて、また足下へと沈んでいく。巨大なミミズに足から喰《く》われ、頭から足へとなめ回されているかのようだ。『気』はそのように流れていってしまう分にはいいが、心の空虚に『陰気』が溜《た》まれば一大事だ。人は陰気に支配され、他者にもそれを振りまくことで陰の気ばかりが増していく。

警視正は歩みを止めない。土門は困って顔をしかめた。

だからこそ、面白半分でこうした場所に近寄らぬことが肝要なのだ。敢《あ》えて近寄るつもりなら胆力を持ち、覚悟してそれと対峙《たいじ》する。そうでなければ陰気に負けるが、折原警視正は面白半分の気持ちでいる。何も起きるはずがないと決め、自身の穢《けが》れも意に介さずに、死相が浮いていると告げられても聴く耳を持たない。爪《つめ》の先ほども怪異を信じていないのだ。ならばいったいどうすればいい？　彼が死に、次の上官が来るのを待つか。

「……はあぁ」

と、土門は溜息を吐いた。警視正の耳には入らぬように、自分の胸に吹きかける。

おおよそ一般人というものは怪異を一元的に理解したがる。将門の首級が胴を求めて空を飛び、都内上空で力尽きて落ち、埋められた場所が首塚だと言葉通りに捉《とら》えてしまう。首塚を掘ったら頭蓋骨《ずがいこつ》が出て、骨に祟る力があると考え、そんなのは嘘《うそ》だと嘲笑《あざわら》う。伝承に秘すべき事実が隠されているとは思いもしないし、考えもしない。

頭蓋骨ひとつの話じゃないんですがねえ。

と、足裏の波動を踏みしめながら土門は思う。

工事現場の仮囲いは目前だ。厭《いや》な気配はますます濃厚になり、それが陽炎《かげろう》のように沸き立って、警視正の背中を這《は》い上っていく。絡まり合って首級のように見えるのは、彼が首塚を意識しているからだろう。何も起きるはずはないと信じているのに、『それでも』と心の一部は不安を抱《かか》え、そこに『魔』が擦り寄っていく。どうするべきか。

仮囲いが迫ってくる。木枯らしが急に冷たさを増す。

カツ、カツ、カツ……警視正は止まらない。そのときだった。

「そっちへ行くのは凶ですよ」

薄暗がりで声がした。

すれ違いざま、何者かが警視正に忠告したのだ。控《ひか》え目で静かな声ではあったが、有無を言わさぬ強さを含み、土門にはその声が邪気を斬《き》り払う七星剣の一閃《いっせん》にも感じられた。

発したのは人なのか、そうではないのか。さすがの警視正も足を止め、

「え？」

と、土門が思わず訊《き》いた。

振り返ってよく見ると、相手は人のようだった。

パーカーで顔を隠した若い男だ。彼は寒さに身をすくめ、両手をポケットに突っ込んだまま、声をかけたことを恥じるように足早に去っていく。その後ろ姿を目で追ううちに、土門はさらに驚愕《きょうがく》した。彼が一歩踏み出すたびに足下の地面が光る。光は波紋のように広がって、そこかしこにへばりついている邪気を打つ。邪気は粉々に舞い散って、宙に浮かんで霧散する。それなのに、本人はそのことに気がついてもいないようだ。恐れていないし、驚いてもいない。おそらく、彼にとってはそれが普通のことなのだ。

誰だ？　あれは何者だ？

土門は内ポケットから弊紙を一枚抜き出した。二本指に挟んで口元に置き、短く呪文《じゅもん》を唱えるや、フッと息を吹きかけた。弊紙は見る間に虫に変じて若者を追いかけていったのだが、警視正には青年の光も土門の術も見えなかったようである。土門だけでなく青年の忠告にも興味を示さず踵《きびす》を返《かえ》して、また工事現場へ向かい始めた。

ひときわ強い風が吹き、街路樹が揺れて木の葉が舞い散る。

警視正！　と、土門は心で叫んだが、もはや声には出さずにおいた。危険だからと忠告しても禁忌の場所に近づきたがる者がいる。行けば死ぬぞと教えても、笑い飛ばして死ぬ者も。些細《ささい》な気配を鋭く感じ、謙虚に行動すれば回避できることも多いのだが、ときに人は傲慢《ごうまん》になり、敢えて危機の予感に逆《さか》らおうとする。止められるのは本人だけだ。

青年が去ると、地面はさらに悲惨になった。彼の光に追い立てられて周辺を漂っていた悪い気が首塚に集まってきたようだった。瘴気《しょうき》のうねるさまは海中を漂う昆布のようで、それが警視正の穢れに吸い寄せられていく。絡まり合って這い上り、警視正の頭上で生首の形を成している。髪を振り乱して呵呵大笑《かかたいしょう》、死に場所へと彼を追い立てる。警視正は魅入られたのだ。そして不幸を受け入れた。もはや土門に為《な》す術《すべ》はない。

カツ、カツ、カツ……。

警視正は引かれるように仮囲いの奥へと消えて、土門が追ったときにはすでに工事現場の奥まで移動していた。その間わずか一秒足らず、人の力ではあり得ない。しかも、その一秒足らずですべてが終わってしまっていた。

土門は静かに頭を振った。

上官は、首のない胴体から高々と血を噴《ふ》き上《あ》げている。生首が宙を舞い、土門の前に転がり落ちるや切り口を地面につけてピタリと止まり、こう言った。

「なるほどな……理解できたよ。土門くん」

其《そ》の一　凶聞《きょうぶん》の吹《ふ》き回《まわ》し

その翌年の六月中旬。東京は雨だった。

肌寒く、空気は湿った臭《にお》いがし、安物のビニール傘がハタハタハタと雨音を響かせていた。霧のごとき雨粒が江戸城のお濠《ほり》を叩《たた》けば、水面《みなも》に寄った縮緬皺《ちりめんじわ》が巨大絵画の地塗りのように姿を変える。警視庁異能処理班ミカヅチに研究員として籍を置く安田怜《やすだれい》は、お濠端《ばた》を歩きながら霧雨《きりさめ》に煙る江戸城を眺《なが》めた。外桜田門《そとさくらだもん》は寄れば往時の景色を今に残すが、引いた位置から仰いで見れば、背後にそそり立つビルと、それらの足元に坐《ざ》す白壁や灰色の石垣が書き割りのように思われる。雨のベールがビルを霞《かす》ませているから余計に、古い建物の背後に近代的なビルが立つ風景は時空の歪《ゆが》みを見るようだ。

——時が来る……その時が来るぞ……——

いつだったか将門の首塚で聞こえた声が、今は足元から湧き立ってくるようで、ときおり怜を不安にさせる。あの晩、将門塚の工事現場ですれ違った二人のうち、死霊が憑《つ》いた背の高いほうは死んでしまった。勇気を出して忠告したけど、結局、彼を救えなかった。

交差点を渡って警視庁本部へ向かうとき、死んでしまったあのときの彼が今は自分の上司だという皮肉に苦笑した。いや、笑いごとではないのだけれど、人間だったころの彼を知らない怜は不思議な縁だと思うのだ。生きて使命を果たす者、死して使命を果たす者、生きていようと死んでいようと使命なんて持たない輩《やから》もいるというのに、折原警視正は死の瞬間にミカヅチ班を案じて此岸《しがん》に残り、今も職務を全《まっと》うしている。

長い車道を突っ切るときに、飄々《ひょうひょう》として威厳《いげん》ある警視正の顔を思い浮かべた。

彼は死んで首なし幽霊となり、頭部を自在に取り外す技を身に付けた。出勤時間の今頃は自分の首をデスクに載せて、髪を梳《と》かしているはずだ。目は顔についているのに、両手と向き合う形で髪を梳かせる器用さが、いつも不思議で可笑《おか》しく思える。

「知らないことって、まだまだあるな」

風で傘が奪われないよう気を付けて、雨水を踏みながら職場へ向かう。怜は天然パーマなので、雨の降る日は余計に髪がクルクル巻いて、歩くたび目の前に落ちてくる。そろそろ床屋へ行かなくちゃ。

横断歩道を渡りきった先には、警視庁本部や警察庁が入っている中央合同庁舎ビルが建っている。見上げれば何の変哲もない高層ビルも、上空から見下ろせば、奇妙な形に造り上げられている。隣接する建物同士が梵字《ぼんじ》の「サ」を形作って、地底に眠るモノを封印しているからだ。ミカヅチ班は秘してそれを護《まも》る番人であり、仕事内容を問われたときは、ニッコリ笑ってこう答えるように言われている。

『保全と事務と清掃ですよ』と。

班長の土門にスカウトされて、受けた試験を思い出す。警視正が面接しますと聞かされたので、彼に挨拶したら土門が言った。

『はい合格……警視正と話ができたので合格ね』

彼は首なし幽霊で、霊視できるか試されたのだ。怜は生まれつきそういうモノがよく見える。ただし、見えるだけで何もできない。ボスは幽霊、班長は陰陽師、同僚は広目天《こうもくてん》と虫使い、そして連絡係の悪魔憑き。自分以外のメンバーがみなスーパーマンに思えるほどだ。職場にも仲間たちにも慣れてきた最近は、自身の役割や責任について考える。見えるしか能がない自分は、どうやったらみんなの役に立てるのだろう。

街路樹として植えられたユリノキの下で傘を畳むと、雨水を振り払い、怜は建物へ入っていく。ここに勤務して半年あまり、ホームレス寸前だった自分が天下の警視庁本部へ出勤する日々にも慣れてきた。顔見知りとなった警備員に会釈して、ゲートを通過するため入館証を出したとき、胸でスマホが震え始めた。同僚の松平神鈴《まつだいらみすず》からだった。

「はい。安田です」

ゲートを通りながら言う。

「私よ、神鈴。今どこにいる?」

松平神鈴は虫使い。ミカヅチ班では警察庁職員として情報処理を担当している。

「正面ゲートを通過したところです」

「よかった。じゃ、道草食わずにすぐ来て! 大変な騒ぎになってるんだから」

神鈴の背後では、ピーとか、リンリンとか、慌《あわ》ただしい音が聞こえている。内線電話やメーラーの音らしい。『何の騒ぎだ』と、広目天《ひろめあまね》の声もした。彼は怜の先輩研究員で、霊視能力を持っている。一足早く出勤したのだ。

「わかりました。すぐ行きます」

と、言い終わらないうちに、神鈴は通話を切ってしまった。

本庁に勤める者すら存在を知らないミカヅチ班へは、庁舎の外れにある荷物用エレベーターを使用しないと行き着けない。人を運ぶエレベーターは地下二階でストップするが、荷物用エレベーターは地下三階まで通じているのだ。そこには緊急時に使う物資や証拠品などの保管庫があり、突き当たりの一部屋だけが特殊な仕様になっている。

荷物用エレベーターの蛇腹扉を手動で開けて、壁すらない箱に入り込み、再び閉めて地下三階のボタンを押すと、血相を変えた宅配業者が飛び込んでくる。蛇腹扉をすり抜けて、怜と一緒に箱に乗る。宅配業者は荷物用エレベーターに首を挟まれて死亡した男の残留思念で、ビルに駆け込んでくるところから事故に遭って死ぬまでを壊れたビデオのように再生している。箱が動いてしばらくすると首がねじ切れた瞬間に霧散して、あとは再び庁舎に駆け込むところから再生を続ける。人畜無害で、スクリーンに投影される映像のような存在だ。反応しないし、喋《しゃべ》りもしない。もちろん何も見えてはいない。

ところがこの朝はそうではなかった。彼が駆け込んできたとたん、庫内の気温が一気に下がり、空間がささくれ立って怜の体をヒリヒリと打ったのだ。

「……あの野郎」

宅配業者は言葉を発した。それだけでなく、半透明の体を捻《ひね》って怜を見た。彼の目は充血して燃え上がり、顔は怒りに歪んでいた。

荷物の落下を防ぐ申し訳程度の手すり以外に壁すらもないエレベーターは、ビルの内壁を擦るようにして下っていく。もとより庫内に冷暖房の設備もないが、息が凍《こお》るほど気温が下がったのは初めてだった。怜はギョッとして何が起きたかわからなくなった。残留思念は幽霊とは違う。その瞬間の想いが現場に焼き付いたものだから、喋ることもなければ意思を持つこともない。それなのに業者は刺すような眼差《まなざ》しで怜を睨《にら》んだ。白目に血の筋が浮いている。目の縁が赤くなり、今にも血の涙を流さんばかりだ。怜は生々しい臭いを感じた。汗と埃《ほこり》とストレスの臭いが、彼の体から漂ってくる。

「あいつのせいだ……アクタの野郎……」

彼は怜を認識し、怜に向かって喋っていた。庫内は狭く、二人の体が触れそうだ。いつもは手すり際に立つ彼の背中しか見ていないから、初めて間近にした形相に戦《おのの》いて、怜は視線を逸《そ》らせない。相手はこちらを見ているのだし、『見える相手』と知られてしまった以上、今さら無視しても意味がない。怜はゴクリと生唾《なまつば》を飲む。蛇に魅入られた蛙《かえる》のように、体のどこも動かせなくなった。

ゴゴゴ……と不快な音を立てながら、エレベーターは地階へ下る。照明がないから下るほど庫内は暗くなり、すぐさま闇《やみ》に包まれた。怜は自分に活を入れ、ジリ……ジリリとすり足で業者との間に距離を取る。周囲が闇に閉ざされてしまうと、天も地もない暗がりに彼と二人で取り残されたように感じた。闇に顔だけが浮かんでいる。そして臭いを強く感じる。宅配業者は人の様相をしているけれど、醸《かも》し出す気配は屍鬼《しき》のものに近かった。屍鬼とは死体に取り憑いてそれを操る鬼である。怜は思わず呼吸を止めたが、今さら相手から自分を隠せるとも思えなかった。

いったいなにが起きたんだ？　わからないまま待つことにした。

ところが、首がねじ切れた場所を通過しても、業者は消えようとしなかった。それどころか、エレベーターは闇の中を落ち続けている。もはや右も左も上下もわからぬ闇のただ中に、相手の顔だけが浮かんでいるのだ。初めてまともに見た彼は四十に手が届きそうなくらいの年齢で、地味な風貌《ふうぼう》、中肉中背で帽子を被《かぶ》り、運送会社のユニフォームは首から下が暗闇《くらやみ》に溶けて消えていた。こちらを向く目は奥二重。髭《ひげ》の剃《そ》り残しまでくっきりしている。生前は結婚して子供がいたのかもしれない。気弱だが真面目《まじめ》で、でも要領は悪かった。その気で彼を見つめると、そうした細部まで怜にはわかった。生前は善良で、よき社会人だったはずなのに、今やその目は炯々《けいけい》と光り、口元は醜《みにく》く歪んで歯ぎしりをしている。まるで善良な部分だけが抜け落ちてしまったみたいだ。逃げられないなら覚悟を決めるほかはない。怜はギュッと拳《こぶし》を握り、ますます彼を見つめ返した。

この人は、急ぐあまりに荷物用エレベーターを使用して、不注意で首を挟んだようだ。人が乗るだけでも危険な庫内に、荷物と一緒に乗ったんだ。なぜ？

通常ならば、搬送作業は二人で行う。一人目が乗って地階に下りて、上げた庫内に上階で待機していた者が荷物を積んで荷物だけ下ろし、空の箱を上階に送ってもう一人が乗り、地階へ下りたら一緒に倉庫へ荷物を運ぶ。それができなかったということは、何かが起きていたからだ。彼にそうさせた誰かがいて、彼はその人を怨《うら》んで死んだ。もしかすると、生前から怨んでいたのだろうか。

「……アクタ……アクタめ……」

彼は呪詛《じゅそ》の言葉を吐《は》いている。怨む相手の名前のようだ。

エレベーターは地階に着かない。ゴゴゴと音を立てながら真っ逆《まさか》さまに下っている。空気は凍り、闇は濃く、業者は瞬《まばた》きもせず怜を睨んで、充血した目から血を流す。唇《くちびる》がわないて、懸命に何かを訴えようとしているけれど、怨みと怒りが強すぎて、心を感じ取ることができない。どうしてなんだ、残留思念が突然意識を持つなんて、いったいなにが起きているんだ？　怜は幽霊を見慣れているが、相手が飛ばす悪意と殺意は普通に怖い。それは人間を見慣れていても殺人鬼が怖いのと同じ理由だ。思わず後ずさりしそうになって、握った拳に爪を立て、手のひらの内部を突き刺した。迂闊《うかつ》に動けば壁のない箱から体がはみ出て削れるし、手すりより外に体が出れば躯体《くたい》の床でねじ切れる。このエレベーターに乗ったら中央に立ち、止まるまで動いちゃいけないんだ。動けば死ぬぞ、特にこんな状況下では、動けば、ぼくは、確実に死ぬ。

箱はまだ下り続けている。無視はやめだ。この人は死んでもまだ苦しんでいるのに、無視し続けるなんて可哀想《かわいそう》だ。肺に空気を取り込んでみたが、庫内の空気は濁《にご》っていた。

「あなたはもう死んだのに――」

意を決し、怜は業者に向かって喋った。

「――すべて、終わった後じゃないですか」

もっと気の利いたことを言えればよかった。生前の楽しい思い出とか、温かい気持ちとか、そういう話で荒ぶる魂を鎮められればいいのだけれど、彼の事情をぼくは知らない。今のぼくにできることといったら、死んでいることを彼に伝えて、苦しみは終わったんだと言ってあげるくらいしかない。

業者は口をパカッと開けた。その口からドロドロと血を吐いて、

「……終わっていない」

と、怜に答えた。

「俺だけ死ぬのは不公平だ。すべてあいつのせいなのに……アクタめぇっ」

その瞬間、彼は巨大化して怨みの念だけになり、爆風のように覆い被さってきた。

あっ！　と思って両目を瞑《つぶ》り、歯を食い縛って怜は耐えた。動くな、絶対に動いちゃダメだ。動けば死ぬぞ。箱は大きく揺れ動き、反動で怜は尻餅《しりもち》をついた。両腕で顔を覆って耐え忍び、ようやく目を開けたとき、蛇腹扉の向こうに薄暗い廊下が続いていた。

箱は止まった。地下三階に着いたのだ。

「うはぁ……」

わずか数秒のはずなのに、小一時間も闇に囚《とら》われていたような気がした。尻餅をついた姿勢で溜息を吐き、ギクシャクとしながら怜は立った。大急ぎで蛇腹扉を開けたのは、不意にエレベーターが動き出して、体がねじ切られるのではないかと恐れたからだ。夢中でエレベーターを飛び出して、再び扉を閉じたとき、カクカクと足が震えていた。箱は何事もなくそこにある。あの闇や、恐ろしい顔や、流れた血などは跡形もない。自分の額に手を当てて、流れてもいない冷や汗を拭《ぬぐ》った。

幽霊や、奇妙なモノや、おぞましいモノなど見慣れているのに、どうしてこんなに怖かったのか。毎日目にして人畜無害と信じた相手が突然敵意を剝《む》き出しにした。不意を突かれるとこれほどまでに恐怖を呼ぶとは、想像もつかないことだった。

彼がまだ後ろにいるのではないかと、恐る恐る振り向いてみる。

地下三階の長い廊下はいつもと変わらぬ様子であった。

蛇腹扉に手をかけて再度庫内を覗《のぞ》いたが、業者の姿はどこにもなくて、代わりに凄《すさ》まじい怒りと怨念が色濃くその場に漂っていた。

ミカヅチ班の部屋は鋼鉄の扉で護られており、入るためには専用のＩＤをかざしてパスワードを入力しなければならない。扉は分厚く、内部の音は漏れてこないのに、認証機器にIDをかざす間もささくれ立った空気が肌を刺してくるようで、怜は荷物用エレベーターから業者が追いかけてくるのではないかと恐れた。

死霊や悪霊は生きた相手が見えないか、見えても相手が反応しない限りは関《かか》わることができないという。だから人を脅して反応を確かめたり、玄関で呼ばわって招かれるのを待ったりするのだ。生まれつき霊が見えすぎて死人と生者の区別がつかないことがあった怜は、心の準備をしていれば見えない素振りができるけれども、さっきは不意を突かれてヘマをした。相手はぼくが『見える人』だと知ってしまった。だからまた、きっと話しかけてくるはずだ。扉のロックが解除されるまでの時間は一秒程度。今朝はその一秒がやたらに長い。閉鎖空間で首筋に感じる微《かす》かな風さえ業者の吐息ではないかと疑ってしまう。人はこうして自ら恐怖を増幅し、ただの幽霊をとんでもないバケモノに変えていくのだ。

ミカヅチ班に就職するまで、怜は高額祓《はら》い師をやっていた。いろんなモノと渡り合い、それなりに自信もあったはずなのに、今朝はやたらに恐怖を感じる。そして真面目に思うのだ。この部屋の内部に封印されたナニかは、その何千倍恐ろしいのだろうと。

ピ。と音がしてロックが外れると、怜は再び驚きにさらされた。

いつものオフィスは静かすぎて無気味なほどだが、今朝は扉が開いたとたんに内線ベルやパソコンの電子音、応対するメンバーの声などが一緒くたになって吹き出してきた。

「はい。ミカヅチ班」

「あーっ、もう……ちょっと待ってくださいと言ってるじゃないですか」

受話器を耳に当てたまま、神鈴が怜に目配せをする。そばで電話が鳴っているから、早く来て手伝ってほしいという顔だ。

「もしもし？　今ですね……」

土門も怜を振り返り、電話に出ろと指でさす。怜はリュックを背負ったままデスクに駆け寄ると、内線ボタンを押して受話器を上げた。

「警視庁異能処理班ミカヅチです」

「もしもし？　ああ……やっとつながった……こちら長野県警連絡係の小埜《おの》ですが」

日本各地の警察署には異能処理班との連絡係が配属されている。多くはここを退職したOBで、ほかは……どういうシステムになっているのか、新参者の怜はまだ知らない。

オノと名乗った相手は高齢の男性で、しかも長野県警と言うからには、やっぱりOBなんだろう。

「研究員の安田です」

誰それに代わってくれと言うこともなく、相手はいきなり話し始めた。

「史跡川中島《かわなかじま》古戦場で人が斬り殺されました。現在は長野南警察署が調べていますが、ちょっと気になる話があります」

怜はアタフタとデスクをかき回し、メモ用紙とペンを引っ張り出した。

普段なら、ミカヅチ班に入電があっても神鈴か土門が対応して終わり、怜が通話することはない。電話を受けるのは初めてなので緊張で頭の回転が速くなり、とにかく情報を聞き漏らしてはならないと懸命にメモを取る。長野県警。南警察署。人斬り事件。『おの』ってどういう字だ？　まあいいや、カタカナで書いておけ。それから、ええっと……史跡川中島古戦場……それは武田信玄《たけだしんげん》と上杉謙信《うえすぎけんしん》の戦いの舞台となった合戦場のことだろうか。

「あの……古戦場っていうのは……」

「戦国時代に川中島の戦いがあったところです。地中に人骨がゴロゴロあるので公園にするしかないわけですな。日没と同時に周辺駐車場を閉鎖して、人が立ち入らないようにしていますが、敷地内には市の施設などもありまして、まったく入れないということもない。もっとも、事情を知る者は暗くなったら近寄りませんがね。昼はともかく、夜はそれなりに無気味ですから」

「はい」

小埜が立て板に水を流すように話すので、怜はメモを取りながら間抜けな相槌《あいづち》を打った。内線電話の受信ランプがパカパカ光り、誰かのパソコンでメーラーが鳴る。まるで希少チケットの申し込み受付日のようだ。

「今日のは人斬り事件でしたがね、一昨日も……未明に公園のトイレで自殺体が発見されてるんですよ。死んだのは近所に住む四十代の主婦で、夫婦喧嘩《げんか》で家を飛び出したのを、息子さんが探していて発見しました」

「はい」

と怜はまた言った。自殺は自分で死ぬわけだから処理班の仕事ではないし、重要案件とも思えない。ほかに鳴り響く受信の音に急《せ》かされて気持ちが焦り、思わず電話を切りたくなったが、念のために訊いてみた。

「でも自殺なんですよね？」

「そうですが、十文字に腹をかっさばいていたんです。言うなれば割腹自殺ですな」

「十文字って、まさか無念腹……？」

電話を切りたい気持ちなど消し飛んだ。

無念腹とは、強い怨みを持つ者が抗議の意味合いで為《な》す凄絶《せいぜつ》な切腹だ。己の腹を十字に裂いて臓腑《ぞうふ》を摑《つか》み出すというのだが、普通の主婦がなぜそんな死に方をしたのだろう。いや、本当に無念腹を召したなら、彼女の怨みは真《ま》っ直《す》ぐにケンカ相手のご主人へと向かっていくだろう。それは祟りで呪いでもあるから、相手も不遇な死を遂げる。

電話はまだ鳴っている。神鈴もパソコンの前を離れられないようだし、班長の土門はほかの電話に出ているし、広目も両耳にイヤホンを装着して誰かとリモートで話している。

手が空いているのは警視正だけだが、今朝は首をデスクに載せて髪を整えるのをやめ、深刻な表情で班内の音に耳をそばだてている。幽霊だから電話やメールに出られないのは仕方ないけど、今朝は猫の手だけでなく警視正の手も借りたい感じだ。

怜はメモを取りながら訊く。

「本当に自殺だったんですか？　実は怪異が起こした殺人とか」

「いえ。現場の状況から自殺で間違いないですが、普通は十文字になど切れません。切腹というのは、まあ、セレモニーみたいなものですからなあ。いくら武士の矜持《きょうじ》とはいえ、実際にやってみれば痛いわけで、死ぬほど深く切れないから介錯《かいしゃく》する。何人《なんぴと》たりとも自分の腹を、しかも十文字に切るなんて、なかなかできることじゃない。よほどの怒りか、怨念か、そういうものがなくっちゃねえ」

「なるほど……それですぐにまた人斬り事件も起きたんですね」

「そう、人斬りですよ。事件としては単純で、犯人も逮捕されていますがね。古戦場近くにホテルがあって、犯人はマグロの解体ショーをするために新潟から呼ばれた職人でした。日本刀よろしくマグロ包丁を振りかざし、公園で犬の散歩をしていた人を一刀両断にしたんです。被害者は甲府《こうふ》から観光に来ていた人物で、たまたま早朝に長野へ着いて、愛犬に小便をさせようと散歩していて被害に遭ったようでした。二人に面識はなかったわけです。被害者は眉間《みけん》を割られて即死でしたが、斬ったほうは前後の記憶がなかったばかりか、ホテルの部屋で休んでいたとき、人ほどの大きさのマグロで包丁の切れ味を試す夢を見ていた、などと証言しています」

「本人は眠っていたと思ってるんですね」

「そうです。服装もホテルの部屋着で、マグロ包丁以外は持っていませんで、裸足《はだし》でした」

怜はそれもメモに残した。小埜は続ける。

「実は数日前からですねぇ」

夜間から未明にかけて、周辺で鬨《とき》の声《こえ》が聞こえていたのだと話す。公園内にある市の博物館の職員も声を聞いたと証言したと。

「なんの事触れだろうと心配になって、私も様子を見に行きました。それが自殺事件の前夜です」

異能処理班に在籍する者は基本的に怪異を見たり感じたりする能力を持つが、小埜氏のそれは霊感だと言う。

「公園内には千人分の頭蓋骨を埋めた首塚なんかもありますし、武運長久《ぶうんちょうきゅう》の八幡《はちまん》さまも祀《まつ》られていますがね。まあ、首塚なんて、細かい骨を拾うのが難儀なので頭蓋骨だけ集めて葬ったというだけのことで、あとはそのままになってるわけですよ……時間が経《た》ったこともあって武士《もののふ》の死骸《しがい》もさほど荒ぶることなく来たんですが、今になって騒ぎ始めたようでした。夜に行ったら落ち武者の死霊がウジャウジャと斬ったり張ったりしてましてね、ちょっとこれは問題じゃないかと……ふたつの事件もその影響を受けてのことでしょう」

「普通の人にも見えるんでしょうか」

「いやいや……鈍感な者にはわからんでしょう。でも霊感の強い人間ってのはいますし、これが続くと厄介ですな。なんといっても有名な史跡で、観光客も多いですしね」

つまりは一般人の身に危険が及ぶということか。妙な噂《うわさ》が噂を呼んで、物見高いオカルト好きが夜に集まっては問題かもしれない。

「ニュースになってしまったんですか？」

「自殺のほうは詳しいことを伏せてあります。ま、ご遺族は状況を知ってますけど、他人には決して話せないでしょう。あの様子じゃ祟られたご主人も長くないでしょうが。それがまた首斬りやハラキリで死ぬと、もういけません。人の口に戸は立てられませんから、祟りだ、呪いだ、と面白おかしく騒ぐ連中も出てくるでしょうなあ」

怜が案じたとおりのことを言う。

「人斬り事件のほうは目撃者がいたこともあってそのまま報道されました。どちらも人が起こした事件ですから、場所的な因縁《いんねん》は噂になっても、これで収まれば気に病むことでもないでしょうが、続くと厄介です」

他人の不幸をオカルトと結びつけて面白半分に騒ぐ輩はどこにでもいるが、人が起こした事件なら、やはりミカヅチ班の出番はない。

「わかりました。でも、どうして連絡くださったんですか？」

と、怜は訊いた。

「どうしてとは？」

と、相手も訊《たず》ねる。

「明らかに人が起こした事件ですから、隠蔽《いんぺい》しようがないですもんね」

小埜は笑い、口調を変えて、

「この仕事は長いのかね？」

と訊いてきた。

「いえ、まだ半年程度の新人です」

「ならば教えておいてやる。深刻な『兆候』が見えたとき、我らには報告義務がある」

小埜の声は重みを増して、怜は思わず背筋を伸ばした。

「深刻な兆候って……？」

「私がいま話したようなことを言う。因縁の場所で因縁がらみの事案が多発するのも深刻な兆候のひとつだ。大地の霊が鳴動を始めるときには先触れがあり、それを深刻な兆候と呼ぶのだよ。我々にはそれを注視する義務がある。きみの後ろにある扉……」

そこで電話はプツッと切れた。

「もしもし？　小埜さん？　小埜さん？」

呼んでいると、警視正がそばに来て、

「電話の相手は小埜さんか」

と訊ねた。

「はい。長野県警の連絡係と言っていました」

次の通話に出るために内線ボタンを押そうとしたとき、入口ドアが開いて人影が見え、瞬間、室内の照明が一気に落ちて暗闇となった。

直後に明かりが戻ったときには、けたたましかった呼び出し音のすべてが消えた。立っているのは背の高い男だ。土門と怜は受話器を握ったまま、神鈴はパソコンのキーボードに指を置いたまま、広目は首をわずかに傾けて、それぞれが瞬時に訪れた静けさを探った。室内に静けさを呼んだ男はベリーショートに髪を刈り上げ、眉毛《まゆげ》を剃《そ》った強面《こわもて》だった。警視庁捜査一課の刑事でミカヅチ班との連絡係、胸に赤バッジを冠する極意京介《ごくいきょうすけ》は、『赤バッジ』と呼ばれるミカヅチ班のメンバーだ。

「驚いた顔をしてんじゃねえよ。電気を止めたらスッキリしたろ? 好き勝手に一斉報告されても収拾がつかないからな」

赤バッジは唇を歪めてニヤリと笑った。

さっきまでの喧騒《けんそう》はどこへやら。静まりかえった室内で神鈴が「……はあ」と溜息を吐き、土門は席を立って腰を伸ばすと、給湯室へ入っていった。始業前にお茶を飲むのがこの班の習わしだが、今朝はとてもそんな状況ではなかったのだ。電話はリンとも鳴ろうとしない。メーラーも大人しくなり、神鈴のパソコンは受信メールのすべてが消えた。

「いいけど、データ飛んだじゃないですか。神鈴さんのパソコン、真っ暗ですよ」

怜は赤バッジの暴挙を責めたが、相手は平気な顔をしている。

「おまえはいつまで新人のつもりだ」

赤バッジはズカズカと部屋へ入ってくると、自分のデスクに着いて足を組み、広目や神鈴や怜を見た。怜もようやく受話器を置くと、背負ったままだったリュックを下ろした。

データは今さら戻らない。でも、電話も止まったのはどういうわけだ？　なんだかよくわからないけど、とりあえず騒ぎは収まったということなんだろうか。

「なんだったんですか？　今の騒ぎは……極意さんは理由を知ってるんですか？」

回転椅子《いす》を左右に回して遊びつつ、真面目な顔で赤バッジは答えた。

「地霊が動きやがったんだ。事件や事故が多発して、所轄はどこも大わらわだよ。ニュースを見てみろ」

怜は赤バッジの言葉に打たれ、小埜が報告してきた理由を理解した。

地霊は土地の精霊や神をいう。豊穣をもたらすが災害や地震も起こし、切り刻んだ女性の生け贄《にえ》など特殊な供犠《くぎ》や儀式を求めると聞く。日本でも土地を守らせるために水田や畑に先祖の死骸を埋めた時代があって、田の神や案山子《かかし》の起源はそれだと怜は密かに考えている。大地は生き物が還る場所。地霊とはつまり土地に染みつく因縁だ。それが動いた？ニュースになってる？　どういうことだ。

再起動したパソコンで神鈴は早速検索すると、

「ホントだ」

と、モニターを怜に向けてきた。そこにはネットニュースの速報が、ズラズラズラリと並んでいた。飛び込み自殺に交通事故、夫婦喧嘩による殺傷事件、マグロ包丁で斬り殺された事件についても載っている。変わったところではついさっき、近隣の運送会社で機械操作のミスによる死亡事故が起こったとある。

「あ、それ、ちょっと見せてください」

神鈴のマウスを借りて記事をピックアップしてみると、三十分ほど前、霞《かすみ》が関《せき》近くにある運送会社の仕分け場で、部下の指導をしていた課長職の男性が荷物用リフトと車体に首を挟まれて死亡する事故が起きたとあった。死亡者の名前は、

「飽田俊治《あくたとしはる》さん、四十五歳……」

アクタだ、と怜は思った。

ゾッとした。エレベーターで死んだ業者が祟っていた相手じゃないか。思わず後ろを振り返ったのは、奇妙な波動を感じたからだ。背中で誰かがせせら笑った気がしたが、そこにいるのは警視正だった。警視正のことならよく知っている。今は首なし幽霊だけど、ね

じれた波動の持ち主ではない。では……と、怜は視線を上げる。

警視正のデスクの背後には、天井まで届く巨大な扉が鎮座《ちんざ》している。扉は鉄でできていて、形が変化する落書きが浮かんでいる。決して近づいてはいけないし、触れてもいけない禁忌の扉だ。今朝は赤い落書きが扉全体に書き殴られていた。

「極意さん。地霊って、あの扉と関係があるんでし……」

赤バッジに訊こうとしたとき、

「とにかく先《ま》ずは朝茶を飲みましょう」

土門が朗《ほが》らかに言って、お盆に載せたお茶を給湯室から運んできた。下っ端《したっぱ》の怜も素早く席を立ち、みんなにお茶を配らなければならない。

土門を手伝いながら、まだ考えていた。そういえば小埜さんも、『きみの後ろにある扉』と、言いかけたところで電話が切れた。確かにあのとき、ぼくは警視正に背中を向けて電話に出ていた。あの人はなぜ、扉がぼくの後ろにあるとわかったんだろう。

お茶は最初に警視正のデスクに供える。幽霊は実質的な飲み食いをしないが、香りを糧《かて》にするため香り高く淹《い》れる必要があるが、未熟な怜はまだそれができない。警視正の前にお茶を置くと、彼は香りを吸い込んだ。死人なのに見る間に顔色がよくなっていく。

席の流れで広目の前にもお茶を置き、赤バッジのデスクへ向かう途中で神鈴が自分のカップを取った。赤バッジの席に湯飲みを置いて、全員に朝茶が行き渡ると、土門が自分の湯飲みを持って会議用テーブルへ移動してきた。

部屋には各自のデスク以外に会議用の大きなテーブルがあって、共有すべき事案があるときは集合することになっている。

「……さて」

警視正だけが威厳を保って自分のデスクを動こうとせず、そこから全員を見渡した。

「どんな報告が上がってきたのか聞こう」

一同はそれぞれがひと口お茶を飲み、互いに顔を見合わせた。

最初に口を開いたのは赤バッジだった。

「警視庁本部では捜査一課が出張っていくような事件は把握していない。忙しいのは所轄だが、通報の多さに辟易《へきえき》していることだろう。事故や自殺のほかには、地下から骨が出たという通報が多いが、ま、地霊が動いて骨が出るのは普通だからな」

「東京の地下は骨だらけですからねえ」

驚くふうもなく土門が微笑《ほほえ》む。

「俺が受けた報告もその手のものだ」

広目は両手で湯飲みを弄《もてあそ》んでいる。細面《ほそおもて》で長い髪、たおやかで美しい見かけにそぐわず、いつもぶっきらぼうな物言いをする。

「笠間《かさま》警察署の連絡係によれば、史跡『首洗いの滝』に、山岳遭難者の頭部が大量に流れ着いているそうだ。古いものから最近のものまで様々で、頭部以外は見つからない。滝で首級を洗われた落ち武者の祟りではないかと関係者を震え上がらせているという」

「発見した人は驚いたかもしれませんけど、頭蓋骨が見つかっただけなら問題ナシです。それが空中に浮いたとか、喋ったとかなら『処理』が必要になってきますが」

「私のほうは怪異だったわよ」

「ふむ……どんな怪異かね？」

警視正が神鈴に訊いた。

キャラクター付きのマグカップでお茶を飲みながら、神鈴はちょいと首をすくめる。

「現象としては『抜け首』だと思います。山岳信仰の修行道場になっているお寺で、お籠《こ》もり中の修験者の首がコロリと抜けて、また戻ったと」

「それはまた典型的な抜け首ですねえ」

と、土門が頷《うなず》く。

「い、い、典型的な抜け首ってなんですか？」

怜が問うと、土門の代わりに神鈴が答えた。

「『抜け首』は『ろくろ首』の進化形と思われがちだけど、違うのよ。抜け首は実際に起きる現象で、ろくろ首は人が仕立てたオバケなの。ろくろ首って、どんなに首が伸びても胴体とつながっているじゃない？　それは首吊《くびつ》り死体の異常に伸びた首を見て、昔の人が考え出したオバケだからよ。でも、抜け首はそうじゃなく、実在する現象よ。多くは本人の就寝中に起き、首が見聞きしたことを本人は夢だと考えるから、首が抜けたという自覚がないの。隣に誰かが寝てたりすると、そっちが気付いて抜け首の話が伝わる。本人は抜けた自覚がないけれど、見た人が怖がって胴体を隠してしまうと体に戻れず死んじゃうらしいわ」

「つるんと首のない死体の記録が、番屋の帖面《ちょうめん》に残されているとかですね」

「首と胴体、別々に生きるのは難しいからな」

同情したように警視正が言う。

「神鈴くんが受けた情報よろしくコロリと首が離れはしても、自在に飛び回るというのは脚色でしょう。江戸の人たちはバケモノ話が好きだったので、話を大きくしたわけですね。ただ、現象自体はさほど珍しいものじゃなく、たとえば居眠りなどしていてドンと背中を衝かれた拍子《ひょうし》にコロリと首が落ちて、戻る、これが典型的な抜け首ですね。抜けると首に痕《あと》が付き、本人は体調を崩すといわれます」

「それは『妖怪』なんですか？」

「『妖怪』ではなく『現象』ですね。世界は重層的にできていて、こちらとあちらの境目が薄くなったときに起きやすい。どうして手足や胴体ではなく首なのかという点について、意識は自在に世界を行き来するからだと聞いています。意識を司《つかさど》るのは脳で、脳は頭部にありますから、肉体の中で首がもっとも感応しやすく、狭間《はざま》を越えやすいのでしょう」

「意識が向こうへ行っているときに衝撃を受けると、首が境を越えるというわけか……面《めん》妖《よう》だが面白い考察ではある」

目を閉じたままで広目が言った。指先で湯飲《ゆの》み茶碗《ぢゃわん》の縁を確かめながら茶を啜《すす》り、溜息を吐《つ》く。珍しくも少し疲れて見えるのは、様々な音に包まれる状況が苦手だからだ。広目は盲目なので五感が異様に鋭くて、音には特に敏感だ。彼は不意に顔を上げ、怜のほうへ首を傾《かし》げた。

「聞こうか、新入り。きみが受けた報告はなんだ？」

怜はメモを引き寄せた。

「長野県警で連絡係をしているオノという人からで、川中島合戦場で二日続けて自殺と殺人が起きたそうです。どちらも人が起こした事件ですけど、自殺のほうは無念腹、殺人は人斬りで、小埜さんが現地へ確認に行ったら落ち武者の霊がウジャウジャいたと。その場所は現在公園になっているけど、地中に当時の亡骸《なきがら》がそのままあると言っていました」

怜がメモを土門に渡すと、

「小埜さんはお元気でしたか？」

それを見ながら土門が訊いた。

「はい。人が起こした事件なのに、どうして連絡くれたんですかと訊ねたら、口調が変わって叱《しか》られました」

「懐《なつ》かしいですねえ……死んで十年経っても相変わらずのようで」

「え？」

と怜は驚いて、逡巡《しゅんじゅん》したとき警視正と目が合った。

「私は地縛霊になったとき、こちらとあちらの端境にある『中陰』で小埜さんと会ったよ。生前の彼は霊能力者で、定年までここで勤めたあとは郷里で連絡係をしていたそうだ。長野は忌み地の宝庫だからな」

「小埜さん以降、長野県警には連絡係がいないのですよ」

「でも、ぼくは普通に彼と話しましたよ？」

「バカか。霊と電波は相性がいいと、何度言ったら理解するんだ？　霊が電話やパソコン通信するのは手軽だからだ。それが証拠に俺が部屋の電気を切ったら、ジジリもピーピーも止《や》んだろうが」

赤バッジは怜に視線を送り、警視正のほうへと顎をしゃくった。首なし幽霊と付き合っているのに、そんなこともわからないのかという顔だ。

理解ができた。小埜さんがぼくの後ろに扉があると知っていたのは、瞬時に千里を駆ける魂の状態だったからなんだ。もしかしてあの瞬間、彼は受話器からでなく、直接ぼくに語りかけていたのだろうか。

「じゃ……さっきのあれは死んだ先輩たちからの一斉報告だったんですか」

「仕事熱心な人たちだからな。鎮まっていたモノどもがザワつき出すと、自らもザワついてしまうのだよ。因果《いんが》なことだ」

警視正は大きく頷いて腕組みをした。

「この現象は続くんですか？」

「わからんよ」

「今朝のこれが地霊の鳴動なら、多くの場合は波の押し引きのようになると聞きます。動いて止まってまた動き、やがて本物の鳴動が津波となって押し寄せてくる……それがいつ起きるのか、予測するのは困難ですが」

土門は件《くだん》の扉に視線を移した。警視正も振り返り、その場にいた全員で禍々《まがまが》しく浮かび上がった赤い模様をしばし見つめた。

「不吉の事触れ……俺が生まれた理由もそれか」

と、広目が呟《つぶや》く。怜は広目をじっと見た。

彼は眼球も生殖器も持たずに生まれた、本人の弁を借りるなら『不具の子』だ。彼の一族には百年ごとにそのような者が生まれて『広目天《こうもくてん》』と名付けられ、戦う命運を背負わされて育つという。広目天は不格好な目を持つ者という意味だ。地霊が動くと鎮まっていたモノどもがザワついて、ミカヅチ班の死んだ者たちもザワつき始める。禍々しい扉に変化

が起きて……いったい何が始まるというのか。──時が来る……その時が来るぞ……──

怜は声を思い出す。広目天《ひろめあまね》が生まれた理由もそこにあるのか。地霊が動き、鳴動が起きて、戦う異能が生まれるとき、どんな津波が襲ってくるのか。そのときぼくはここにいて、何ができるというのだろうか。心配なのは、みんなの足手まといにならないか、ということだ。そういえば……。

「あと、これは電話で受けた報告じゃないですが、今朝、エレベーターに乗ったら、いつもの宅配業者が襲いかかってきたんです。残留思念が意思を持つってありますか？　彼の死は事故だとばかり思っていたけど、『すべてはあいつのせいなのに』って……それで」

「あいつのせいだぁ？　はっ、何を今さら、寝ぼけたことを言っていやがる。怨みがあるならこんなところに張り付いてねえで、さっさと祟りに行きゃいいんだよ」

赤バッジが吐き捨てた。

「問題はそこじゃないけど、彼は本当に祟りに行って、怨む相手を殺したみたいです。残留思念が意思を持ち、さらに人を祟り殺すって、ぼくは初めて経験したんですけど」

怜の言葉で神鈴がパソコンを赤バッジに向ける。

運送会社の仕分け場で起きた事故のニュースが映し出される。

「リフトと車体の間に首を挟んだんですって。宅配業者とそっくり同じ死に方だわね」

「ならば業者は成仏したな。めでたいことだ」

と、広目がクールに呟いた。

「これも地霊の影響ですか？」

「何かが変われば遅かれ早かれ世界全体が影響を受けます。と、いいますか、霊が騒いで人に憑けば、肉体を持たない彼らの代わりに人が悪さをするわけで、それが世の理《ことわり》です」

他人事《ひとごと》のように土門が頷く。

「土門班長の言うとおりよね。鳴動がしているという報告はあったけど、結局、私たちが出動すべき案件は？　そういう報告を受けた人は？　誰かいる？」

全員が無言だったので、

「では、報告騒ぎは落着とする」

と、警視正がその場をまとめた。

死者が電話やメールをしてきても、ミカヅチ班は問題にしない。怨霊が生者に祟っても、死因が人のせいなら対処するのは管轄区の警察署だ。

「よし。それじゃ、俺がここへ来た理由を聞いてもらおうか」

赤バッジが脚を組み直し、自分の湯飲みをお盆に戻した。立ち上がって警視正に顔を向け、スーツの内ポケットに手を入れる。

「すでにデータは削除したのでネットを漁《あさ》っても書き込みはないが……」

スマホを出して操作してから会議用テーブルの上を滑《すべ》らせた。

盲目の広目がそれをキャッチし、隣に座る土門に渡すと、怜と神鈴は席を立ち、土門の背後からモニターを覗いた。

赤バッジが呼び出したのはネットの巨大掲示板で、廃墟《はいきょ》のような写真がさらされていた。昭和然としたブロック塀。その上に茂るボサボサの竹藪《たけやぶ》。奥には蔦《つた》が蔓延《はびこ》る古いアパートがある。怜にとって忘れられないそのアパートは、江戸麹町《こうじまち》の善国寺坂《ぜんこくじざか》あたりに近い忌み地に建つ、最恐《さいきょう》の因縁物件だった。

其の二　有象無象が写真に撮られる

「嘘でしょ？　どうしてこんな写真がネットに載るの？」

眉をひそめて神鈴が言った。

つい最近、ミカヅチ班では怜だけが、三婆ズ《サンババー》と一緒にこの建物を訪れている。霊障に遭っているから助けてほしいという発信者不明のSOSに応じたものだが、現場の瘴気が尋常ではなく、何も為さずに引き返してきたのだ。

「さすがの俺も目にしたときは肝が冷えたぞ。まさか5チャンネルのオカルトスレッド『シャレ柿《かき》』に、写真が投稿されているとは」

広目が怜のほうを向く。何が見えるか教えろというのだ。

「麹町の『吹きだまりアパート』の写真が投稿されていたらしいです」

「有象無象が吹きだまる場所か……そんなものがなぜネットに載ったのだ？」

曰く因縁の場所にあるそのアパートは、廃墟さながらに荒れ果てながらも、高層ビルの隙間《すきま》に残って人を呼ぶ。まともな人間ならば近づかないが、波長の合う者が住んでそこで死に、自らも瘴気となって居座る忌み地だ。アパートの存在はミカヅチ班も把握しているが、瘴気の捨て場は必要なので干渉せずに放ってある。但し、その存在が公になって、興味本位で人が集まるのは感心できない。魂の腐った輩が喰われる分にはかまわないとしても、人の出入りが頻繁になれば吹きだまっていたモノが来訪者に取り憑いて、少しずつ外に持ち出されてしまう危険があるからだ。

「投稿したヤツがいるんだよ。しかも面白半分で」

赤バッジが憎々しげに言う。ろくでもないことをしやがって、と怒っている。あの土地の因縁やおぞましさを知っているから尚更《なおさら》なのだ。人は身の程をわきまえて、対処できない危険に近づくべきではないと本気で思う。

「わかりにくい場所だし、簡単に探し当てられるとも思えないけど、極意さんがデータを引き上げなかったら、引っ越し業者とか不動産業者が面白半分でアパートの場所をリークしていたかもしれないわ」

「ド素人《しろうと》が舞い上がってバカをしたということか。人の出入りが増えれば吹きだまりの瘴気がかき回される。善国寺坂あたりは、ただでさえ瘴気が濃いからな」

広目は眉間にくっきりと縦皺《たてじわ》を刻んだ。赤バッジがさらに言う。

「ところがだ。問題はそれだけじゃないんだよ。たぶん地霊が騒いだ影響だと思うが、普通なら写るはずのないモノまで写り込んじまった写真があるんだ」

赤バッジは惚れ惚れするほど甘いテノールをしている。声だけ聞けばどんなイケメンが喋っているのかと思うが、見た目はけっこうな強面だ。彼はスマホを取って画面をスワイプすると、削除前のスレッドを呼び出して、再び会議用テーブルの上を滑らせた。またも広目がそれをキャッチし、怜は広目のために文面を読み上げた。

「その人物が立てたスレッドです。読みますよ?

【閲覧注意】来て 見て! マジで心霊写真撮れたかも
1:オバケが怖い名無しさん 2022/06/06(月)03:02:46
いるよね?」

読むのをやめると、

「……それだけか?」

しばらくしてから広目が訊いた。

「それだけですけど、別に添付写真があって、アパートの玄関あたりを俯瞰《ふかん》で撮ったものみたいです」

それは夜間にアパートの正面を高い位置から撮った写真であった。闇のなか、塀に置かれたソーラーライトが消えそうな光を点《とも》している。それ以外に明かりがないので建物全体は黒い影になるはずが、敷地全体を包むかのように白く靄《もや》がかかっている。靄はなぜかゴツゴツとしてモヤモヤしている。怜は腕を伸ばして画像を拡大していきながら、ある瞬間に「わ！」と叫んだ。

「なんだ」

広目が訊いた。

「え……これ、え？　……うそ……や、ええと……有象無象がバッチリ写り込んでます」

アパートに吹きだまるモノどもは、『なにそれのバケモノ』と言い表すのが困難だ。上手に人の形を成せるモノなどひとつもなくて、パーツの狂った手足や部位が好き放題にくっついている。大きいもの、小さいもの、ヌルヌルしたもの、ゴツゴツしたもの、目だけのもの、口だけのもの、かつては人であったもの……敢えて言うなら『百鬼夜行絵巻《ひゃっきやこうえまき》』に描き出されたようなモノどもが、ひしめき合ってうんうんと吹きだまっているからだ。添付写真には、靄のように半透明のそれらが写り込んでいた。

「これ、すごいわね」

と、神鈴も唸《うな》った。

「折原警視正が地縛霊になったとき以来の衝撃だわ。まさか有象無象を写真に撮れるとは思わなかった……ホントにすごい」

「私も初めて見ましたねえ。感じるのと見るのとでは大違いですよ。いやはやなんとも凄まじい……」

「たしかにな。もしも生前にこれを見せられたら、私はフェイク画像と笑い飛ばしていたことだろう」

と、警視正も言う。

「生きている人間は五感の中でも特に視覚に頼り、視覚のみを使えと言えば、感覚ではなく常識に頼りたがるものだからな。いっそ幽霊になってしまえば、違う世界が見えるのだが……」

『なってみるかね?』とでも言いたげに、警視正は土門を見たが、

「いえ、まだけっこうです」

土門は目を合わせようともしなかった。

「だけどこれ、細部まで写りすぎてヤラセみたいになっているのが救いかもしれないわ。生前の警視正じゃないけれど、こんなにハッキリ写ったら、本物の心霊写真と思う人はいないかも……有象無象は『術』を用いないと見えないと聞くけど、地霊が騒ぐと写真に撮れるほど『気』が強まるのね……恐ろしいわ」

「神鈴くんの考察は一理あります。となると、今朝の騒ぎはやはり問題でしょう――」

丸メガネを持ち上げて、土門は渋《しぶ》い顔をした。

「——地霊は災害の前などにザワつきますが、それは災害で不安になった人の心に食い入るためです。逆に、地霊が騒いで災害を起こすとも言われていますが、そちらはまだ検証されていません。ただ、どちらの場合も心の不安につけ込んで悪意を増幅させるのがせいぜいで……自殺させたり人を斬ったり、事故を起こしたり、写真に写ったり……それが短期間に集中したのは初めてではないですか？」

「土門くんの言うとおりだな。あの世から一斉報告が来たのも初めてだ……警戒すべき事態ということか」

警視正は腕組みをした。赤バッジが言うように霊と電波は相性がいいなら、こんな写真を直接ネットに掲載したりもできるのだろうか。いやいや、それはどうなんだろう？　多くの場合、電波を使った通信は受け手の能力と関係している。ミカヅチ班は異能者ばかりだから電話もメールも受け取れたけど、ネットの巨大掲示板にあちらが直接書き込んだとしても、能力のない者にはそれが見えない。だとすれば、これらの書き込みはやはり生身の人間の仕業ということになる。その人物はなぜ、あんな気味の悪い場所を知っていて、夜間に写真を撮れたのだろう。

「赤バッジ。おまえが投稿を消す前に、何人ぐらいが閲覧したのだ？」

広目が問うた。

「投稿は本日未明。気付いて俺が消すまで数分」

「時間は短くても安心できない。削除するまでに画像をコピーされたかもしれないわ」

神鈴はすぐに検索して、言った。

「ほらね、やっぱり……もう別のスレッドが立っている。オカルト好きって、どうしてこうも無節操に、危険に近寄りたがるのかしら」

シャレ柿にはすでに別スレッドが立っていた。

【ゲキ怖！ 心霊アパート】知ってる人 情報教えて
と、いうものだ。スレッドを見て赤バッジが叫ぶ。

「あ？ クソ、油断も隙もねえな。こいつマジぶっ殺す！」

「しかもすごい勢いで流れているわ」

「クソッタレめ、どうしてやろうか」

赤バッジが顔をしかめていると、警視正が前に出てきて神鈴の肩に手を置いた。当然ながらその手は体を突き抜けて、神鈴は蠅《はえ》を払うような仕草《しぐさ》をした。

「まあまあ、短気は損気と言うからね。野蛮な方法で解決するのは感心しない。それよりも、神鈴くん」

警視正はそう言っただけなのに、

「承知しました」

と神鈴は答え、すぐさまスレッドに投稿を始めた。

45：オバケが怖い名無しさん　2022/06/06（月）09：21：13
知ってる。ここ、高円寺《こうえんじ》のオバケ桜の近くでしょ

そして神鈴は怜を見た。

「安田くんも、ボーッとしてないで手伝って。基本的にはヌルッとスレ主をバカにしつつも、時々興味を惹《ひ》くことを書き込むのよ。あっちが有象無象の写真を出すなら、こっちも有象無象になったつもりで話を流すの。スレッドの動きが早くて、なかったことにはもうできないから、信用できない話にするわ」

「わかりました」

怜がパソコンを立ち上げる間に、土門もデスクから書き込みを始めた。

51：オバケが怖い名無しさん　2022/06/06（月）03：23：32
コワイ話なら俺も知ってる。この世には合成写真というものがあってだな

アップされた土門の書き込みに怜は笑った。

「土門班長は5チャンネルをよく見るんですか？」

「わりと好きで見ています。安田くんも会話に入って、遠からず近からず、でも現場から遠い場所へと誘導しつつ、煙《けむ》に巻くようにしてください。但し、うっかり忌み地へ誘導しないこと。凶聞の吹き回しということもありますからね」

「なんですか？」

サイトにアクセスしながら怜が訊く。

「凶聞の、吹き回し、です。地霊が騒いでいるときは凶聞の扱いに注意しないと……」

土門はそこで言葉を切って、怜が理解できるように言葉を選んだ。

「自然災害などが起きたときにデマが流れることがありますが、それが凶聞です。最初の一人はシャレや冗談、もしくはたまたま思ったことを口にしただけかもしれません。けれどもそうした言葉が浅はかで不安な心に取り憑くと、悪意のデマに変じて人心を乱す。言葉というものは他人の耳に入ると、その人の感情を巻き込んで一人歩きを始めることがあります。そして瞬《また》く間《ま》に広がっていく。よからぬ噂が恐れや不安をかき立てて、心の隙間に悪意が入って吹き回す。そうやって本物の凶を呼ぶ。そうなるともう、誰も真意を確かめないまま突き動かされていく。これが本当に恐ろしい。加害者は正しいと信じているため行動を止めず、無関係の人たちに被害が及ぶというわけです」

広目も言った。

「有名なのは、震災時などにしばしば囁《ささや》かれる『誰かが井戸に毒を入れた』というデマだ。故意に流した噂でなくとも、吹き回されるうち悪意に染まり、人の命を生け贄にする。流した者にも信じた者にも『魔』が寄りついて、結局誰も救われない。なぜ、誰も真意を確かめないのか……それは不安の隙間を手っ取り早くデマで埋めようとするからだ。人間は弱い。そして愚かだ」

その話なら知っている。関東大震災が起きたときには、デマで正確な人数が把握できないほど多くの人が殺されたと聞く。つい最近の地震災害時にも同様のデマがＳＮＳで流布された。やった者にとっては面白半分の退屈しのぎ、もしくは淋《さみ》しい人たちがネットの反応に喜びたくて掲載したものだとしても、凶聞が『言葉』になって飛び出すと、『こと』は『わざ』を用いて人々を打ち、容易に止めることができない。

「この情報も早く止めないと、大変な事態になり得るってことですね」

怜は考え、ならば自分はからかう人を演じようと思った。土門や神鈴のように自分から遠いキャラを演じることは難しいが、心霊がらみでは厭というほどからかわれてきたから、からかう奴《やつ》らの手口は知っている。怜はキーを打ち込んだ。

62：オバケが怖い名無しさん　2022/06/06（月）09：25：03
合成写真乙《おつ》　今どきもっと上手にやれて草

巨大掲示板の書き込みは、文章にすると我ながらイタい感じになるけれど、任務と割り切って頑張るしかない。

土門と神鈴と怜がスレッド操作を始めたために広目は静かに席を立ち、オフィスの奥の暗がりにある自分のデスクへ戻っていった。盲目ではあるがエコーロケーションという技術を用いれば空間の確認は容易にできる。但しネットに書き込もうとすれば音声ソフトが必要で、速い流れには対応できない。こうした業務は広目に向いていないのだ。彼のデスクには報告書を作成するための点字用タイプライターと、異能を発揮するとき使用する真水やボウルが置いてある。椅子を引いて座るとき、赤バッジがそばに行って囁いた。

「投稿者は向かいのビルの奴だぞ、クッソ」

「ならば行って姑息《こそく》な真似《まね》をやめさせてこい。殺すと脅してやるがいい」

「煽《あお》るなよ。どいつかわかればやってもいいが、人違いをするとマズい」

「たしかにな」と、広目は笑い、

「お主が行けば、ただ殺すだけでは済むまい。また俺たちが出動する羽目になる」

「ふん」

赤バッジはすまし顔の広目を見下ろすと、忌々《いまいま》しげに鼻を鳴らした。警視正もそばに来て赤バッジに訊く。

「なぜ向かいのビルの者とわかるのかね」

「アパートを写した角度です。あの建物はビルに囲まれているので、写真を撮る場所が限られます。写っているのが玄関だから、アパートの前のビルから撮ったんでしょう。あのビルの裏側にはトイレの換気窓があったはずです」

「そういえば」

と、広目が怜のほうへ顔を向けた。

「新入りが前に話していたな。三婆ズと現地へ行ったとき、首吊り死体の通報者が近くのビルの社員だったと。トイレで喫煙しようと窓を開けたら、死体が見えたということだ」

「なるほど、撮影もそのトイレからかもしれないな……それにしても」

赤バッジがニヤリと笑う。

「何がおかしい」

広目はきれいな顔を歪めて赤バッジを見上げた。

「いや……おまえが新入りの言葉を覚えていたからさ」

「覚えていたらどうなんだ? 新入りに限らず、俺は必要なことは覚えている」

赤バッジは指先で自分の鼻を拭って話題を変えた。

「まあいいさ、人はどこまでも浅ましい生きものだ。たまたま縊死体《いしたい》を発見したら、次の死体も見つけてみたくなったんだろう。そして妄想が膨《ふく》らんで、偶然にも己に狙《ねら》いを定めている有象無象を撮ったんだ」

「確かに人は浅ましい。だが忘れるな、おまえもまだ人間だ」

広目は独《ひと》り言《ごと》のように呟いた。すでに赤バッジから顔を逸らして、仕事を始める準備をしている。赤バッジは広目を見たが、唇を歪めただけで何も言わない。

折原警視正は無言で赤バッジの肩に手をかけて、上着ごと彼の三角筋をガッチリ摑《つか》んだ。上官と微《かす》かに視線を交わしてから、赤バッジは部屋を出ていった。

広目は一瞬動きを止めると、息を吐いてタイプライターに用紙を入れた。ようやく静けさが戻った班内に、怜《せわ》らがスレッドに書き込むキーボードの音と、広目が報告書を打つタイプライターの音が忙しなく響く。折原警視正は席に着き、冷めてしまったお茶の香りを吸い込んだ。

地霊が騒ぎ始めたと各所から通報があった翌日の朝。

出勤するため怜が荷物用エレベーターの前まで来ると、三人の清掃作業員が床を磨《みが》いたり蛇腹扉を拭《ふ》いたりしていた。一人は白髪で鶏《とり》ガラのように痩《や》せ、『お掃除お婆《ばあ》さん』といった年齢だ。一人はガッチリと四角い体で、もう一人は頭にかぶった三角巾《さんかくきん》からドレッドヘアがはみ出している。

「おはようございます」

足早に近づきながら声を掛けると、彼女たちは一斉に振り返って『にたり』と笑った。白髪の清掃員はリウさんといい、三人のリーダー的存在だ。四角いのは漬物名人の小宮山《こみやま》さんで、ドレッドヘアは千《せん》さんという。ミカヅチ班はこの三人を『三婆ズ』と呼んでいる。

「ドラヤキ坊ちゃん、おはようございます。ねえ、これを見てご覧なさい」

と、リウさんが言う。『ドラヤキ坊ちゃん』は、開いた口の形がドラヤキっぽいからとつけられたあだ名だが、よしてほしいとお願いしても、婆さんたちは気分次第で呼ぶのをやめない。

「なんですか?」

怜はあだ名の件をスルーして訊いた。

「なんでじゃねえよぅ」

と小宮山さんが笑い、

「宅配便のお兄ちゃんだよ」

と、千さんが言う。

三人が怜の顔色を窺《うかが》っているのは、あの業者が今日はどこにも見えないからだ。

「そういえば……今朝は外でも見なかったな」

「そうなのよーっ。昨日見たのが最後なの。どこかへ行ってしまったの」

「怜くん、何か知ってるかい？」

蛇腹の隙間に雑巾《ぞうきん》を突っ込んで隅々《すみずみ》まで拭きながら千さんが訊く。

「あの人は昨日、急に意識を持って、怨みを晴らしに行ったんです。そこまでは知っているけど……そうか。広目さんが言うとおり、それで成仏したのかな」

「やっぱりね……運送会社で事故があったの、それだよね？」

と、千さんは床にしゃがんで雑巾を洗い、絞って小宮山さんに渡して言った。

「わたくしも、運送会社の仕分け場でリフトに首を挟まれた人がいると聞いたわ。課長さんですって。もしかして、そのことかしら？　怖いわあ〜」

「なーにが『怖いわあ〜』だ。あの課長はいけ好かねえと言ってたくせにな」

怖そうな素振りはまったく見せず、むしろニコニコしながらリウさんは首をすくめた。

小宮山さんは笑っている。

「あたしらはさ、死んだお兄ちゃんに同情していたんだよ。虐《いじ》められてるのを知ってたからね。あの課長は厭なヤツでさ、あれをやれ、これをやれ、気が利かないだのクズだのバカだの、それで、急げ、急げ、でしょ。だからあのお兄ちゃんが、死んでもまだここへ駆け込んでくるの見てるとさ、不憫《ふびん》で可哀想で仕方なかったよ」

「意地悪だったのよー、課長さん。わたくしたちにも横柄《おうへい》だったわ」

「お掃除ババアを舐《な》めててな。ま、悪いことはできねえもんだ」

はいよ。と小宮山さんは蛇腹を開けて、怜をエレベーターに乗せてくれた。彼女たちが言うように宅配業者はどこにもいない。親切にも地下三階のボタンを押してくれながら、

「怜くん、知ってるかい？　麴町の吹きだまりアパートの近くで飛び降りがあったって」

小宮山さんがそう言った。

「わたくしたち、お掃除に呼ばれているのよ」

「アパートじゃなくて路地の掃除ね。死んだの、近くのビルの人だから。あそこはビルと路地とがくっついてるから、アパートの前に落ちたんだって」

「え？」

「宅配の兄ちゃんが来ないと中が広いな。じゃ、土門さんらによろしくな」

昇降ボタンを勝手に押すと、ガラガラと蛇腹を閉じて、小宮山さんは手を振った。エレベーターは動き出し、三婆ズの姿が上がっていく。床が見切れるとき、千さんがバケツの横で親指を立てているのが見えた。宅配業者の成仏を祝っているかのようだった。

わずかの間だけ暗闇を進んで、箱は何の問題もなく三階に着いた。彼は本当にいなくなってしまったのだと怜は思い、そのことを少しだけほのぼの感じる自分の心に複雑な想いがした。彼が成仏できたのは、虐めた課長が悲惨な死に方をしたからだ。三婆ズも課長が嫌いだったようだけど、いけ好かないヤツは祟られて当然と思う心が自分にあるなら、そ

の隙間に魔が入り込み、いずれは何かもっと大きな過ちにつながっていくんじゃなかろうか。因果応報は世の理か、時には悪意の罠《わな》なのか。長い廊下を歩くとき、怜は自分に問いかけたけど、答えを出すことはできなかった。

ミカヅチ班へ出勤すると、昨晩は夜勤だった土門班長が、警視正と一緒に件の扉を眺めていた。広目と神鈴はまだ来ておらず、二人の背中で扉は見えない。

「おはようございます」

声を掛けてから自分のデスクにリュックを置いて、怜は二人のそばへ行く。

「おはよう、安田くん」

と、警視正が言う。土門は振り返ってニコリと笑った。

「何かあったんですか?」

扉のほうへ首を伸ばして怜が訊くと、

「いえ、何も」

「何かあったら、ただでは済まんよ。土門くんと文様を見ていたのだ」

二人は交互にそう言った。土門の隣に並んで立つと、件の扉には下手くそな彫り師が硬すぎる木に彫った印のような文様が浮かんでいたが、それ以外には何もなかった。扉は落ち着いて、眠っているかのように感じる。

「地霊は落ち着いたんですね」

言うと土門が顔を上げ、

「どうしてそう思うのですか？」

と怜に訊いた。

「だって、昨日騒ぎがあったときには巨大な模様が浮かんでいたから」

「ほほう」

と、警視正が小さく唸った。

「安田くんは、扉と地霊には関係があると思うのかね？」

「違うんですか？　ぼくはてっきり……この扉が霊障をコントロールしているのかなと」

二人は顔を見合わせた。

「そういえば、安田くんに訊ねたことはなかったですね。安田くんはどちらの生まれなんですか？」

土門は小柄で丸顔で、お地蔵さんのような風貌をしている。常に目立たず、穏《おだ》やかで温厚。怪異の後始末という凄惨《せいさん》な仕事をしているようには見えない。このときも家庭の愚痴《ぐち》を聞くサラリーマンのような口調であった。

「どこの生まれか、知らないんです」

と、正直に怜は言った。

「安田も親の苗字《みょうじ》じゃないと思います。怜というのも里親がつけた名で、ぼくは十八まで施設で育ててもらったんです」

「そうでしたか」

「親の顔は覚えていないのかね?」

「はい。捨てられたのが赤ん坊のころだったんじゃないでしょうか。最初の記憶が、育ったお寺の本堂だったりします。本堂の柱に下がった幕みたいなやつですね」

「でも、あれでしょう? 赤ん坊のときに、なにか身に着けていたものがあったとか、手紙やお守りがあったとか、そういうことはないんですか」

「いえ、なにも」

怜は笑った。そういう話は聞いてない。もっとも、育ったお寺は何人もの子供を預かっていたから、誰かを妬《ねた》んだり羨《うらや》んだりしないように個別の話は敢えてしなかったとも考えられる。お寺にはもの凄《すご》く大勢の人がいて、よく面倒をみてもらったけれど、今にして思えばそのうちの何人が生きている人間だったか怪しいものだ。

「そうだったのか」

と、警視正は呟いて、さらに訊こうとはしなかった。

「そういえば班長。話は変わりますけど、エレベーターの業者さんがいなくなりました」

「残留思念だった人ですか?」

「はい。さっきリウさんたちから聞いたんですけど、運送会社で事故死した人が、やっぱり怨む相手だったみたいです」

「三婆ズは地獄耳だからな。地獄耳で千里眼。庁内のあらゆる噂を知っているのだよ」

と、警視正が言った。

「そうなんですね。彼はここでも虐められていて、三婆ズは事故が起きた状況もわかっていたようでした。あと、それと……」

と、言いかけたところで入口のドアが開き、神鈴と広目が出勤してきた。怜はそこで話をやめると、お茶の準備をするために給湯室へ行ってお湯を沸かした。

「おはようございます。例の吹きだまりアパートですけど、近くのオフィスビルから人が落ちて死んだんですって」

神鈴の声が聞こえた。怜がしようとした話をしている。

「おや、そうですか。誰からそれを？」

「三婆ズから聞きました。エレベーターのお掃除をしてたので。あと、広目さんからも」

「俺のところへ夜中に赤バッジが電話してきたのです。奴の情報のほうが詳しいです」

広目が警視正に向かって言った。

「昨日、俺が赤バッジに『行ってヤツを止めてこい』と言ったので、あのバカは本当に現場へ張り込みに行って、そいつが落ちるのを目にしたようです」

「やれやれ、さては本気で締め上げるつもりだったのだな」

と、警視正が苦笑する。

「赤バッジの脳みそは筋肉ですから。個人さえ特定できれば、そうするつもりでいたのでしょう」

興味深い話題になったので、怜も給湯室から顔だけ出した。

「三婆ズが道のお掃除に呼ばれているそうですよ。そのときは飛び下り自殺と聞いたんですけど、極意さんの話は違うんですか？」

「ふふん……事実はそうではないようだ」

見える者のように室内を歩いて、自分のデスクに着くなり広目が言った。微かに開いた瞼《まぶた》の隙間で、眼球が金色に光っている。彼は義眼ではなく水晶を眼窩《がんか》に入れているから、たまにその目が自分に向くと、眼底が透けてドキリとさせられる。

「死んだ男は小便器の前にある窓でなく、天井近くの換気窓から飛び出たようだ。落ち方も妙なら潰《つぶ》れ方も妙で、赤バッジがトイレへ行ってみたら、換気窓にホトケさんの手形と洋服の擦れた跡が残っていたらしい。高さがあって届くはずのない場所だから、そこから落ちた痕跡《こんせき》を消して、下の窓から飛び下りたように偽装してきたそうだが、男の潰れた跡だけはどうすることもできないと、ヤツは多少焦っていたな」

「だからリウさんたちが呼ばれたのね」

「え、どういうことですか？」

訊いている間に、ヤカンがピー！　と鳴り出した。火力を弱めてしばらく沸かし、煎茶《せんちゃ》のためにカルキを飛ばす。そのあとは適温まで下げてから、ゆっくり茶を淹れるようにと土門から教わった。会話が気になったのでコンロの火力を下げて給湯室を出ていくと、

「どうもこうも、男が死んだのは自殺ではなく怪異がらみということだ」

と、広目が言った。

怜は吹きだまりアパートへ行ったときに見たオフィスビルの様子を思い返した。アパートの玄関はビルの裏側と向き合っていて、ビルの壁面には小さな窓が並んでいた。

「あのビルには、たしかにトイレの窓と換気窓がありましたけど、換気窓はかなり高い位置だったし、大きさも人の頭がようやく通るくらいだった気がします。あんなところは脚立がないと手が届かないし、空中に這いつくばらないと飛び出すことはできませんよ」

「つまりは何かがその男を宙に持ち上げ、狭い窓から放り出したということだな」

「赤バッジの話では、男は吸い出されたように見え、空中で有象無象に食い尽くされたあと、路地にカスを吐かれたそうです。あの場所の管轄は麴町署ですが、自殺の判断は容易でも、死体の状況には頭を抱えるだろうと言っていました」

広目の言葉が意味するところを想像すると、怜は背中がゾワゾワしてくる。

「鑑識さんもご苦労ですねえ」

他人事のように土門は言って、

「安田くん。そろそろお湯を止めていいですよ」

と、振り向いた。そうだった。お茶を淹れている最中だった。

怜はガスの火を止めて、濡《ぬ》らした布巾《ふきん》にヤカンを載せた。早く会話に加わりたくてウズウズしながら急須《きゅうす》に茶を入れ、湯飲みやカップを棚から出してお盆に載せると、それぞれの茶碗に少量の湯を注ぎ、冷えた器を温めた。ヤカンを回してお湯の温度を冷ましつつ、手のひらで適温を探っていると、ドアが開く音と赤バッジの声がした。

「やっぱり吹きだまりアパートを監視していた野郎だったぜ！」

好奇心を抑えられずに、怜は急須に湯を入れる。茶葉の抽出も待てなくて、急須ごとオフィスへ運んだ。会議用テーブルにお盆を載せて、

「誰のことですか」

と訊くと、赤バッジは眉間に縦皺を刻んで答えた。

「窓から飛び出て死んだ野郎だよ。麹町署が来る前に調べたら、本人のスマホにアパートの画像が残されていた。あと自分のナニ……」

赤バッジは神鈴をチラ見して咳払《せきばら》いした。

「トイレ喫煙の様子までご丁寧に残していやがった。ヤツの写真フォルダーは、道端《みちばた》のゲロとか動物の死骸とか、気味の悪い写真のオンパレードだ。たぶん根性が腐ってたんだな。窓の下も吸い殻だらけで」

「だらしないわねえ」

神鈴は言って、愛用のポシェットをパチンと鳴らした。

「麹町署に確認したら、吹きだまりアパートに首吊り死体がぶら下がっていると通報したのと同じ男だそうだ。スマホに縊死体《いしたい》の写真もあったよ」

その男は不幸を画像に残す癖《くせ》があったらしい。だからアパートに魅入られたんだ。あそこはそうしたモノが吹きだまっていく場所だから。いつしか生活に行き詰まり、アパートの住人になる彼の姿が想像できた。もう死んでしまったわけだけど。

「お茶が渋くなりますよ」

土門に言われ、慌てて急須の茶を注ぐ。色合いはまずまずだが、途中で赤バッジの湯飲みが足りないことに気がついて取りに戻った。

「さあ、そこで……問題がひとつある」

と、赤バッジは言った。

「なんだね？　言ってみたまえ」

赤バッジは警視正に向かって姿勢を正した。

「麹町署の話では、死んだ男は縊死体発見、通報後、取り憑かれたように四階のトイレへ通うようになって、会社を解雇されていたようです」

「解雇？　じゃ、シャレ柿に投稿したときはあそこの会社員じゃなかったってこと？」

「そういうことだ」

と赤バッジは神鈴に言った。

「投稿写真は、ビルに不法侵入して撮影していたということになる。建物のどこかで寝泊まりしていたのかもしれないな」

「それでわかったわ。投稿時間が真夜中だったのも」

「トイレに泊まっていたのだろう」

と、広目が言うと、赤バッジは『そのとおり』とでも言いたげに広目を指した。

「魅入られて、同じ窓からアパートを観察せずにはいられなくなっていたんだよ」

「吹きだまりに相応《ふさわ》しい者が吹きだまりで死体を見つけて囚われたのか。あり得るな」

「そうですねえ。縊死体を見つけたときにはすでに吹きだまりに片足を突っ込んでいたということですか……たまさかアパートに目が行って、あとはそこに住む人を、どんな気持ちで眺めていたのか……遺体写真を保存するような根性ですから、自分より惨《みじ》めな生きざまの者を見て優越感に浸っていたのでしょうか。有象無象の写真をアップしたのも、場所を吹聴《ふいちょう》して人を呼び、そこに集まる者を見て陰《かげ》で嗤《わら》うためだったのでしょうかね」

「アパートの住人と大差ないですね」

赤バッジの湯飲みをお盆に置いて怜が言う。

「野郎の腐った根性は、さぞかしいい臭《にお》いがしたことだろう。ま、有象無象のエサだったんだな、だから連中に喰われやがった。死体の状態は控え目に言っても酷《ひど》かったぞ？　どうやったらあんな状態になるのかと所轄は首を傾げているが、落ちて死んだのは間違いねえし、自殺でケリがつくとは思う。が、問題は……」

中途半端《ちゅうとはんぱ》に茶を淹れているうちに、わけがわからなくなってきた。人数分の茶を注ぎ終え、怜はそれぞれのデスクへ運ぶ。

「何が問題と思うのかね？」

警視正が赤バッジに問うた。

「死んだ男の執着が有象無象をオフィスビルまで引き寄せたことですよ。すでに通り道ができてしまっていました」

広目がチッと舌を鳴らした。

「クソ……余計なマネをしてくれた」

何が起き、何が問題なのか、怜にはまだわからない。彼らがスーパーマンに見えるのはこういうときだ。お茶を配りながら仲間たちを見ていると、神鈴が親切に教えてくれた。

「ああいうモノは、同じ場所に吹きだまっているうちはいいけれど、引っ張られて動くと、忌み地が広がってしまうのよ。今回の場合はそのビルのトイレね。同じ波長の男性がそこにいて毎日アパートを見ていたら、有象無象からも男性が見える。極意さんが言うように、鼻先に餌《えさ》をぶら下げていたようなものなのよ」

「有象無象は釣られて喰った。そのとき『道』ができたんだ。建物に染《し》みこむ前に処理しないと、ビルのトイレが忌み地ファイルに追加される事態になるぞ」

「三婆ズは、だから仕事を受けたんですね。有象無象の道を掃除するために」

「バカか」

と、赤バッジが鼻で嗤った。

「婆さんどもは汚れた地面の掃除に行くだけだ。忌み地が広がらないようにするのはおまえらの仕事じゃないか」

「え」

怜はまたも驚いた。怪異が原因でも、人が起こした事件であれば放っておくのがミカヅチ班ではないのだろうか。

「でも、その人は自殺で処理されるんですよね？　極意さんが今、自分でそう」

「それとこれとは話が別だ、このスカタン」

と、赤バッジは言い、「バーカ」と怜を罵《ののし》った。ガキみたいな言い草だ。

「そのとおり……それとこれとは話が別です。うちの仕事は保全と事務と清掃ですと、最初に言いませんでしたかね？」

ニコニコしながら土門が頷く。班長は、赤バッジの依頼を受けるみたいだ。

「有象無象の道を処理してほしい。ナメクジの粘液よろしくアパートからオフィスビルまでついてしまった『道』だ。処理しなければ同じトイレで人が死に、そのたびに警察関係者が現地へ向かうことになる。恐ろしいのは、あんな場所にしょっちゅう呼ばれているうちに、有象無象が警察官に憑くことだ」

「残念ながら、警察官すべてが清廉であるとはいえないからね。いや、むしろ我々のような仕事をしている者こそ心に不安や疑念が湧《わ》きやすいのだよ。拳銃《けんじゅう》を携帯する者に悪意が憑けば、我らが守るべき一般市民に危険が及ぶ。そんなことが起きてはマズい」

背筋を伸ばして警視正が宣《のたま》うと、赤バッジも真面目くさってこう言った。

「完全に『道』を消し、吹きだまりを人知れぬ場所にしなければなりません」

「でも、どうやって消すんです?」

「あのな」

赤バッジが嚙《か》みつきそうな顔で振り向くと、

「新入りは勉強中の身だぞ。先輩ならば優しく教えてやるがいい」

と、広目が言った。

「バカを言え。おまえの後輩だろ? 俺じゃねえ」

赤バッジと広目が睨み合っているので、またも神鈴が教えてくれた。

「リウさんたちは、人間離れしているし警視正のことも見えるけど、異能じゃないのよ。だから怪異の清掃自体は私たちの仕事なの」

「安田くんも、これからひとつひとつ勉強していくわけですねえ」

そしてみんなはお茶を啜った。

「うわまずっ」

とたんに神鈴が小さく言うと、

「む」

と広目は顔をしかめて、

「渋っ！　なんだこりゃ」

と、赤バッジが吐き捨てた。土門は渋い顔で湯飲みを遠ざけ、

「安田くん。お茶を舐めてはいけないと、何度言ったらわかるのですか」

「……やっぱり美味《おい》しくないですか……」

色みはそこそこだったのに、と、思いながら警視正を見ると、彼は首を外してデスクに載せて、湯飲みに後頭部を向けていた。

其の三　道のお掃除

もはや一刻の猶予もならないと赤バッジが言うので、ミカヅチ班は出動の準備を始めた。広目は扉の番をするために、神鈴はネットの書き込みを続けるために残ることにな

り、麴町署の警察関係者らが現場から退去するのを待って、警視正と土門と怜の三人が現場へ向かうことにした。

先発隊は赤バッジ。彼はミカヅチ班の連絡係として単身現場へ向かっていった。

同日、午後一時四十五分。赤バッジから『掃除できるぞ』と電話が入った。自身も現地で待機して、ミカヅチ班の到着を待つと言う。

「安田くんは三婆ズを探して、私が車で送っていくと伝えてください。この時間だと……」

と、土門は時計を見てから、

「休憩室でお昼を食べているはずですから」

怜は部屋を飛び出して、裏方スタッフが使う休憩室へ走った。携帯電話とか、呼び出しベルとか、三婆ズを呼ぶための装置を持たせておけばいいのに、ミカヅチの任務は公にできないので毎回、怜が走り回ることになる。

長い廊下を進んで荷物用エレベーターに飛び乗ったけれども、やはり業者はいなかった。成仏できた理由が復讐《ふくしゅう》を果たせたことならば、悲しい人生だったと思う。生死の境界線を越えるとき、魂はどんな条件で移動するのか。人はどうやったらそれを選べるのだろうか。考えているうちに一階へ着き、怜は箱を乗り換えてバックヤードへと進む。

土門が言ったとおりに三婆ズは休憩室でお弁当を食べていた。中央合同庁舎ビルには食堂もサロンもカフェもあるのに、彼女たちはほとんど使わない。濁ったガラス窓とロッカーと、古いテーブルと安っぽい折りたたみ椅子が置かれた灰色の部屋で、タッパーに入れて持ち寄った漬物や煮物や佃煮《つくだに》や果物を並べて食事をする。ノックして部屋を覗くと、この日は大きな重箱に色鮮やかな笹寿司《ささずし》が並んでいた。

「あれま。ドラヤキ坊ちゃんじゃねぇの」

と、小宮山さんが言った。

「やあねぇ、その呼び方は禁止でしょ」

今朝は自分がそう呼んでいたくせに、リウさんが笑う。

「なに？　どうしたの？」

千さんは入ってこいと手招いた。三角巾を脱ぐと頭はさらに大きくなって、髪の一部が編みかけだったことがわかった。けっこう時間がかかるのだろう。まだ編まれていない髪の毛は、好き放題に爆発している。

「極意さんに頼まれて、ぼくらも麴町の現場へ行くので、土門さんが送っていくと」

「あらあー、助かるわぁ。ちょうど今、どうやろうか相談していたところなの」

「今日はちょっと道具が重くて大きくて。あたしはまだ腰が痛いし、荷物も多くてどうしようってね」

リウさんと千さんが話す間に、小宮山さんは漬物のタッパーを怜のほうへと寄せてきた。小ナスの辛子漬けやゼンマイや、ツヤツヤ光る半割りの梅などが入ったタッパーだ。楊枝《ようじ》もつけて寄こしたので、怜は梅をひとつもらった。

「ウマ！　なんだこれ、美味しいですね」

梅はカリカリして甘く、えもいわれぬ芳香を放っていた。

「そうだろ？　甘酢漬けだよ。こっちは小ナスの辛子漬け。お茶漬けにすると旨《うま》いんだ」

「小宮山さんはゼンマイだって漬けるのよ、美味しいわよう、わたくしはこれが大好きなの」

「リウさんは何でも大好きだよね」

「この人は食べ専だからな」

「悪い？　美味しくいただく人がいてこそご馳走《ちそう》よ」

「ものは言いようだ、なあ千さん」

小宮山さんはガハハと笑った。

「怜くん。笹寿司も食べてみて。塩漬けした山菜を戻して煮てさ、卵焼き、椎茸《しいたけ》の佃煮、あとは紅生姜《べにしょうが》とゴマ……」

「ゴマは大事だな。ゴマは大事だ」

「そうよねえ。ゴマがないとねえ」

笹の葉に品良く盛られた酢飯には、千さんが言った具材のほかにもミョウガの酢漬けや人参《にんじん》の甘煮、キュウリの佃煮など、様々なものが載せられている。立ったまま二つ三つを平らげてから、怜は言った。

「美味しくてずっと食べていたいけど、極意さんが急いでるんです。緊急事態で」

「あら、そうなの？」

「そりゃいけねえな、急がんじゃ」

ミカヅチ班が三婆ズを使う場合は、ギャラのほかにも老舗《しにせ》の和菓子など心付けを用意するのだが、今回はそれぞれが別の案件で動くので、現場まで乗せていくのは土門の厚意だ。そのあたりをきちんと理解しているようで、三婆ズは素早く食事を片付け始めた。

「では、ぼくも準備して、駐車場で待ってます」

部屋を出ようとすると、千さんが新聞紙に包んだものを押しつけてきた。掃除に必要な品だと思った。

「ほれ！　早く折原警視正を迎えに行かんじゃ、遅刻しちゃうよ」

小宮山さんに追い立てられて普通のエレベーターに乗ったとき、新聞紙の包みから美味しそうな匂いがしていることに気がついた。

怜がミカヅチ班で担う任務のひとつが、警視正を現場へ臨場させることである。幽霊になった警視正は切り落とされた頭に宿っているため、髑髏《どくろ》が彼の本体だ。よって警視正の頭蓋骨は黄土色の巾着袋《きんちゃくぶくろ》にしまわれて、いつもデスクに鎮座している。

ミカヅチ班の部屋に戻ると、怜は自分のリュックを開けて、入っていた合羽《かっぱ》や上着を引っ張り出した。次には警視正のデスクへ進み、頭蓋骨が入った巾着袋を両手に抱えてリュックに押し込む。それを背負えば出動準備は完了。警視正は頭蓋骨と共に臨場できるというわけだ。

「では、行ってくる」

警視正が広目と神鈴に片手を挙げると、

「行ってらっしゃい」

二人は立ち上がって頭を下げた。一度でいいから、クールで毒舌な広目に頭を下げられてみたいと怜は思う。今はそれどころじゃないけれど。

「神鈴さん。これ、千さんたちからもらったやつです」

千さんがくれた新聞紙の包みを、怜は会議用テーブルに載せた。開いてみると、休憩室のテーブルにあった品々が少しずつきれいに入れられていた。

「わあ、美味しそう。食べてもいいの？」

「どうぞ。ぼくは休憩室で味見したので」

「じゃ、お茶を淹れていただこうかな。広目さんも食べるわよね？」

「無論だ」

と、広目が頷いている。土門はまだかと見ていると、衣装部屋の扉が開いて、着膨《きぶく》れた土門が現れた。彼は三婆ズの料理に目を留めて、

「千さんの笹寿司ですね」

通りざまにひとつ取り、素早く口に押し込んだ。

「うん、間違いのない味ですねえ、これで元気百倍です。警視正、お待たせしました。では行きますか」

指についた甘酢を上着の尻《しり》でこすって、土門は怜を追い抜いた。警視正よりも先に部屋を出ていく。すれ違うとき、土門の体から水とお香の匂いがした。


現場へは地下二階の駐車場から土門が運転するお掃除業者の車に乗って移動した。三婆ズは後部座席に、怜が警視正と助手席に座る。

警視正は頭蓋骨さえ移動できれば半径何メートルかの位置に存在できる。だから車内のどこに座ってもいいはずなのに、面白がっていつも怜の膝《ひざ》に乗ってくる。重さはないけど三百六十度回る首で振り向かれたときが厄介だ。顔が近すぎるからである。その問題の解決策を、怜はずっと考えている。

警視正の首に浮かんだ切断面を眺めていると、土門からお香の匂いが漂ってきた。嗅《か》い

だことのない上品で清冽《せいれつ》な香りだが、それを楽しめたのもわずかな間で、後部座席の三婆ズがお昼の続きを始めると、車内はたちまち食べ物の匂いに占領された。

「さっき笹寿司をひとついただきましたよ。安定の美味しさでしたねえ」

土門が呑気《のんき》に車を走らせ、

「生きていたころは肉や魚が好物だったが、死んでようやく精進《しょうじん》ものの香気に気がついた。笹寿司はいいねえ、酢と笹の香りが最高だ」

警視正も話をしながら時々後ろを振り返るので、怜は顔が重ならないよう体を傾け、窓を見ていた。ドアポケットには『駐車禁止除外指定車』のカードが挿してある。件の場所は通りが狭い上に電柱まで立っていて、普通車は駐車も停車もできない決まりだ。

「今日の現場はアレだってんでさ、しっかり食べておかないじゃ、お掃除が済めば食欲もなくなりそうだからさ」

持参した料理を食べ終えて、タッパーを重ねながら小宮山さんが言う。

「飛び降り自殺と聞いてたけどさ、ただの自殺じゃないんだって？」

「自殺ではないようですね——」

と、土門が言った。

「——麹町署から聞いていませんか？」

「わたくしは飛び降り自殺と聞いたのよ。でも、四階の窓から飛び降りて、高層ビルから飛び降りたか滑落事故みたいな状況になっているって」

「滑落事故って酷いのかい？」

「酷いみたいよー……わたくしはよく知らないけれど、富士山《ふじさん》なんかで滑落すると、なにひとつ判別できないと聞くわよ」

「肉団子みたいになっちゃってな」

「やめてよ、小宮山さん。肉団子食べられなくなっちゃうじゃない」

婆さんたちはガハハと笑う。

「赤バッジが心配していましてね。それで急遽《きゅうきょ》、『掃除』に行くというわけなのです」

土門は大きくハンドルを切った。

「そっちも掃除、こっちも掃除ってな」

「だけどアパートの住人でもない人が、なんだってそんな死に方したの？」

「その人だったんですよ、アパートで人が死んだと通報したのは」

振り返って怜が言うと、リウさんが頷いた。

「あらまあ」

「その後もずっとトイレの窓から吹きだまりアパートを見張っていたようだ。建物の写真をネットに載せて、面白がっていたと極意くんがな」

「あーっ、そりゃ、なんだ、アパートの連中と同じ穴の狢《むじな》だったってことかい」

「住まなかったというだけで、吹きだまるタイプの人間だったということね……それはちょっと怖いわねえ。ビルからですって？　吹きだまりが大きくなっているのかしら」

「そうならないよう、ミカヅチ班が行くのです」

「ひゃー、くわばらくわばら」

小宮山さんは首をすくめると、身を乗り出して運転席のヘッドレストに手をかけた。

「それでわかった。さっきから土門さんがいい匂いだと思ってたんだよ。今日はおめかしをして、悪鬼祓いに行くってことだな」

「あら〜楽しみねえ。土門さんはタイプじゃないけど、お仕事しているときだけは、ほんの時々、イケメンに見えることもあるものねえ」

「褒め言葉になってねえよ」

怜は土門を見て訊いた。

「祓うんですか？　だから禊《みそぎ》をして香を焚《た》きしめてきたんですか？」

ミカヅチ班はただ隠蔽をするのが仕事だ。人を救うこともなければ怪異と闘うこともない。そう認識していたのに悪鬼を祓うというのだろうか。

土門は相変わらずお地蔵さんのような顔をしていたが、混《こ》み合った道路を進みつつ、一瞬だけ怜を見た。

「悪鬼祓いといっても調伏《ちょうぶく》するわけではありません。前にも話したと思いますけど、ああいうモノはやっつけることができませんのでね。各々の習性を利用して、人にとって都合の悪い動きをしないようにするだけです」

「人にとって都合の悪い動き……ですか？」

迂闊に訊ねると警視正の首がグルリとこちらを向いたので、怜は慌てて目を逸らした。

「さっき赤バッジも言っていたが、たまさか有象無象が吹きだまりを出るような事態が起きると、その場所には、人に見えない移動の跡が残されるのだ」

「地霊が動くと事態は容易に起きやすくなります。しかもそれが『呪いだ』『祟りだ』というような悪い噂となって人の間を駆け巡ると、凶聞の吹き回しによって善いものよりも悪いものが力を持ってしまうのです。麴町のあの場所は、もともと悪いパワーの吹きだまりですから、こんな状況下で移動の跡を残しておくと、どこまで広がってしまうのか……」

「ヤツらはそこを通って外に染み出し、空間や建物や土地を侵蝕《しんしょく》する。放っておけば地下に染み、新たな忌み地が誕生する」

「怜くん、あれだよ。刑場跡地や殺人事件があった場所でさ、『人死に』が繰り返されるのと一緒だよ」

「悪い『気』が溜まるのよー。そして誰かに影響するの。だからまた人が死ぬのよぅ」

「い、い、血だら真っ赤な映画とか、生の殺人写真とか、喜んでそんなもんばっか観《み》てるとさ、心が荒《すさ》んで免疫ができて、もっともっとになるのと一緒だ」

「どうやって動きを止めるんですか?」

「決まってるじゃない。お掃除よぅ。お掃除は基本中の基本なのよ」

怜にはなんの理解もできぬまま、車は麴町の裏通りへ入っていった。


吹きだまりアパートは林立するビルの中間にある。周りを囲まれて連絡道路すらもなく、壊すことも建て直すこともできないままに残っているのだ。そこへ行くには電柱の裏の隙間を通るほかないが、隙間さえ通り抜ければその先に人が歩ける程度の路地がある。建坪は広いが、敷地内に笹藪や雑草が生い茂り、建物自体も壁を這う蔦がかろうじて崩壊を止めているという有様《ありさま》だ。そんなアパートでも値段が安ければ借り手がついて、住人が死んだり逃げ出したりしているのだからビックリだ。前に怜が来たときも首を吊って死んだ住人の部屋に、新たな借り手が住み始めていた。

土門は何度も車を切り返しながら、電柱と電柱の間にピッタリ止めた。すでに警察関係者の車両はなくて、ビルの隙間に赤バッジが立って、待っていた。ダッシュボードの上の見えやすい場所に『駐車禁止除外指定車』のカードを提示すると、ビルの外壁で塞《ふさ》がれてしまった助手席側のドアではなくて、土門が出た運転席側から道路に降りた。後部座席のドアを開け、三婆ズはすでに荷物を下ろしている。

警視正の頭蓋骨が入ったリュックを引き寄せ、背負ったとき、

「ちょっと怜くん、これお願い」

千さんに声をかけられて、砂のようなものが入った重い袋を持たされた。小宮山さんは生ゴミを入れる蓋《ふた》付きのポリバケツを出して道に置き、中にビニール袋をセットしている。リウさんは作業着の上に透明な合羽《かっぱ》を着て、白いマスクで口を覆った。巻き取ったホース、箒《ほうき》にちり取り、掃除道具が入った箱を持ち、三婆ズが赤バッジのほうへ行く。

「遅ぇぞ」

ビルの隙間で赤バッジが文句を言った。隙間はとても狭いので、最初にリウさん、次に小宮山さん、千さんと続き、怜は土門班長が車から大きな鞄《かばん》を下ろすのを待っていた。この場所からは現場の惨状が見えないものの、ビルの隙間から抜け出る場所には立ち入り禁止の黄色いテープが張ってある。赤バッジがテープを剝《は》いで三婆ズを通し、早く来やがれとでも言いたげな顔でこちらを見ている。

「持ちますか？」

片手が空いているので土門に訊くと、

「いえ。そういうわけにはいきません。商売道具ですからね」

土門はキッパリ断った。お地蔵さんのような顔に微かな緊張が見て取れる。土門が先に隙間へ入り、怜は警視正と後を追う。幅九十センチほどしかない隙間は小便の臭いがす

る。アパートの住人はだらしなく、道端で平気で用を足すのだ。そうした臭いが外壁や地面に染みこんで、通る者たちを不快にさせる。隙間を通るのはアパートの住人だけなので、彼らの心は萎えて腐って、有象無象にますます近づいてしまうのだ。ここのところは雨の日が多かったのに、悪臭は洗い流されることなく充満していた。

「お疲れ様です」

赤バッジは土門を通し、警視正には敬礼をして、怜が運んでいる三婆ズの袋を受け取った。けっこうな重さがあるのに、ゆで卵二個が入ったコンビニ袋のように持つ。目が合うと奥へ行けと顎をしゃくって、再び黄色いテープを張った。

その先は路地である。昭和初期から広さも仕様も変わっていないと思しきそこは、片側を見ればオフィスビルの壁だが、反対側はコンクリートブロックを積み上げた塀で、上から覗き込むようにして笹藪が垂れている。手入れもされない笹藪は緑の葉っぱに枯れ葉がまじり、所々が蔓草《つるくさ》で縛られている。強烈な小便臭さは以前と同じだが、今日はそれに血と吐瀉物《としゃぶつ》の臭いが混じっていた。

「あらあ〜、臭いわ〜、千さん、ミント、ミント、ミント」

珍しくもリウさんが騒いでいる。腐乱死体やバラバラ事件や、もっと凄惨な現場の掃除もするはずなのに、こんなふうに騒ぐ彼女は初めてだ。千さんは道具箱から小さなスプレーを出し、マスクの内側に吹き付けた。警視正は大丈夫だろうかと見上げると、

「なにかね？」

と、彼は怜に訊いた。

「いえ……仏様は香りを糧にすると聞いたので、臭いにも敏感なんじゃないかと思って……大丈夫ですか？」

千さんのミントを少しもらってハンカチに吹き、鼻と口を覆って訊くと、警視正は「わはは」と笑った。

「我々はただ匂いを糧にしているわけではないし、匂いそのものに敏感なわけでもないのだよ。犬とは違う」

では、なんなんだ？　と思ったけれど、警視正はそれ以上教えてくれなかった。

「いや、久々に来ましたが、酷いですねえ。一層鬼気迫る感じになっていますが……」

アパート周辺に人影はない。もちろん人の気配もないが、それ以外の気配は濃厚だ。土門は路地の真ん中に白布を敷くと、持ってきた鞄をその上に置いた。

赤バッジは三婆ズの袋を彼女たちの元まで運び、清掃すべき場所を指示している。ただでさえ狭い路地に四人が並ぶと視界を塞いで、怜の位置から惨劇の跡は見えないが、そんなものを見なくても充分に薄気味悪いのだ。吹きだまりアパートのブロック塀はおよそ十五メートルの長さで続き、その先で折れて敷地全体を囲んでいるが、玄関側では塀の終わりが路地の終わりだ。突き当たりもやはりビル壁で、アパートの正面にそそり立つのもビルなら、廃墟の奥に見えるのもビルだ。アパートの屋根から空を仰げば井戸の底にいるかのように感じるだろう。

死んだ男がアパートを見張っていたトイレは四階だという。その部分に目をやると、警察が自殺の形跡を調べたらしく、サッシが粉で汚れていた。

「怜くん、ちょっと」

と、小宮山さんが振り返る。

「後学のために見ておくかい？」

小宮山さんは悪気のない顔をしているが、『これをまともに見られるものなら見てみろ』とでも言いたげな赤バッジのニヤニヤ笑いが気に障ったので、ハンカチで顔半分を隠しながらも躊躇《ためら》うことなくそちらへ向かった。

ぼくの前身は高額祓《はら》い師だぞ。人が死んだ跡ぐらい、なんだって言うんだ。

そう思っていたはずが、三婆ズの足元に広がる惨状を目にしたとたん、無様《ぶざま》にも貧血を起こしそうになった。死体はすでに片付けられた後なのに。

血の跡くらいは覚悟していた。脳漿《のうしょう》や嘔吐物《おうとぶつ》もあるだろうとは思っていた。けれどもそこにあったのは、他人の不幸を写真に撮って弄んだ男の、破裂した悪意と呪いであった。四階から落ちただけでは、こうはならない。もしも彼が死ぬほど何かに苦しんで、何も考えられずに死を選んだなら、こうはならない。あらゆる汚物と血糊《ちのり》を入れた水風船を地面に叩きつけて割ったかのよう。こびりついているのはすべて悪意だ。

より不快に、より汚く、よりおぞましく恐ろしく……目撃した人、調べる人、自分の体を片付ける人に迷惑をかけて怨むため、ありとあらゆる手段を使って汚く死んだ。そういう跡が残されていた。滑落事故なんて表現では言い表せない。ここで破裂したのは悪意のウイルスか、病原菌だ。

声を失っていると、リウさんが肩に指をかけ、

「酷いでしょう」

と、静かに言った。

「他人に迷惑かけたくてたまらない人っているのよね。この人の場合はそれが強すぎて自分が死んじゃったわけだけど。これを見る限り、死ぬ瞬間まで人を怨んでいたみたい……驚いちゃうわ……一度もモテずに死んだのよ、きっと」

「こういう甘ったれが汚したところを、おれらが片付けるっていうわけだ。この仕事には誇りをもってやってるけどさ、こんな場合はちょいと萎えるな、さっさとほかしてビールでも飲まんじゃ、やってられねえよ」

「リウさんにがっぽり請求してもらうしかないねえ」

「あらぁ、二人の気持ちはわかるけど、お仕事の請求は加減が大事よ。ビールじゃなくてアルコール九〇度のウォッカにしたら？」

「ゴジラじゃあるまいし、火を噴きたいわけじゃねえよ」

婆さんたちは笑いながら清掃作業の準備を始めた。先ずは赤バッジに指示をして、死んだ男の痕跡に砂袋の中身をぶちまけさせる。入っているのは砂だと思っていたのだが、そうではなくて消石灰《しょうせっかい》だった。白い煙がもうもうと立ち上り、悪意の跡が覆われていくと、リウさんと小宮山さんが箒を使って灰を地面に広げ始めた。

千さんがポリバケツの蓋を取り、血や肉片を吸った灰をすくってはポリバケツの中に捨てていく。酷い臭いも血や肉片も、それ以外のあれこれも、消石灰まみれになって集められ、ちり取りに載せられてバケツに消える。その手際の見事さは、悪意を包んで片付けていく神の使いさながらだ。

「さて……それではこちらも仕事を始めよう」

酷い複合臭が小便の臭いだけになったころ、警視正が静かに言った。

三婆ズの見事な処理に見入っていた怜も、ここへ来た本当の目的を思い出す。道の掃除をすると聞いたが、路地の汚れは三婆ズが片付けている。何をすべきかと土門を見ると、彼は少し離れた場所に敷いた白布の上で、見慣れぬ姿になっていた。

水とお香の匂いがしたから禊を済ませてきていることはわかったが、上手にお茶を淹れる以外に班で目立つこともなかった土門の、全身から立ち上るオーラを怜は初めて目の当たりにした。オフィスを出るとき着膨れていると感じた土門は、その下に真っ白な装束を着ていたようだ。今は上着を脱ぎ捨てて、『狩衣《かりぎぬ》の内側だけ』といった姿になっている。裾《すそ》を絞った太めの袴《はかま》は、とび職のボンタンズボンに少し似ていた。上半身は体に張り付く白いシャツだが、どちらも同じ生地《きじ》でできている。怜はその白い生地から並々ならぬ波動を感じた。あれは普通の織物《おりもの》じゃない。おそらくは、原料からして神聖な場所で、神聖な者たちに育てられ、神聖な水にさらして糸に縒《よ》り、神聖な場所で神聖な者の手によって織り上げられた反物だ。それが証拠に衣装から夜明けの光のような霊気が射《さ》している。穢れを一切寄せ付けず、纏《まと》う者を護る服。陰陽師《おんみょうじ》の戦闘服だ。

土門はメガネを外し、持ってきた鞄から鏡と筆を取り出して白布に置いた。何かの液体に筆を浸すと、鏡を見ながら自分の顔に何かを書いた。立ち上がってこちらを見たとき、額には奇妙なマークが描かれていた。呪か、術か、怜の気持ちも自《おの》ずと高まる。

「安田くんは初めてだね？　土門くんの技を見るのは」

警視正がそう言った。

「はい」

と、怜は緊張して答える。

今は赤バッジが土門の近くへ寄っていき、彼の前に跪《ひざまず》いて頭《こうべ》を垂れている。土門は赤バッジの頭に手をかざし、もう片方の手は二本指を立てて己の唇に当て、ブツブツと呪文を唱え始めた。

「何をやっているんですか？」

怜が訊くと、警視正は両脚を開いて腕組みをし、満足そうに頷いた。

「人間だったときにはサッパリ見えなかったものが、霊になったら見えるというのも楽しいものだな。あれだがね、土門くんは赤バッジの『穴』を塞いでいるのだ」

「穴？」

まさか口や鼻や耳などの穴じゃないよな。そう思っていると警視正は振り向いて、

「魂の穴だよ。そこに様々なものが入り込む。よいものが入ることもあれば、悪いものが入ることもある。赤バッジの穴は大きくないが、こんな場所では有象無象が食指を伸ばして穴を広げることもある。だから土門くんは清浄な光で極意くんを覆っているのだ。きみならば見えるだろう」

いや、何も見えないけどな……と思いながらも、怜は二人に集中した。すると、土門が立てた二本指と唇の間に、鋭い光が揺らめき立っているのを感じた。光は土門の全身を覆い、赤バッジの頭にかざした手のひらから赤バッジの身体《からだ》へと流れている。水のようでも靄のようでもあるそれは、ドライアイスの煙に似ていた。

「見えました。もしかしてあれが言霊《ことだま》ですか？」

「そうだ。陰陽師は学者だからね。世の理を理解して、それに相応《ふさわ》しい言霊を操り、陰と陽とのバランスを保《たも》つ。有象無象が通った跡は悪に傾く。善で中和し、無に戻す」

唐突に怜は理解した。

「凶聞の吹き回しが危うい理由は、悪意に傾きすぎると中和する善が足りなくなるからなんですね」

「そういうことだ。だから土門くんはああいう性格を遵守《じゅんしゅ》しているとも言える。気力が枯れることをケガレと呼ぶが、気を操る陰陽師がケガレるわけにはいかないからな」

保全と事務と清掃。ミカヅチ班の仕事はつまり、それだ。世界のバランスを保つこと。だから死んだ先輩たちも、地霊がザワついて凶聞が吹き回される可能性を恐れて、一斉に報告してきたというわけだ。

「理解したかね？」

と、警視正が訊く。怜は無言で頷いた。

三婆ズは地面の汚れを回収し終えて、長いホースを引っ張り出した。吹きだまりアパートの水道から水を引くのかと思ったら、千さんがホースの先を持ってビルの隙間を戻っていく。小宮山さんがポリバケツに入れたビニール袋の口を塞ぐと、リウさんが掃除道具入れから線香を出して火を点《つ》けた。煙と一緒に香の匂いが立ち上ると、彼女は小宮山さんにも線香を分け、ポリバケツの上と、消石灰で白くなった道で線香を焚いた。

「あー……ダメだ……よっぽどひねくれた野郎だったか？　こりゃ参ったな」

小宮山さんがグチグチ言った。

線香の煙は宙へ向かわず、地面に広がって漂うばかりだ。

「折原さん、ちょっと由々しき事態みたいよ」

リウさんが警視正を呼んで言う。珍しくも顔をしかめている。

「血の跡は消せたけど、穢れは路地まで来てしまったわ。ここのアパートだけど、もう人に貸さないほうがいいんじゃないかしら？　きっと、もう、満杯なのよ。吹き溜まっていられなくて、漏れ出てるみたい……ちょっと前から思っていたけど、わたくしたちもね、こういう仕事が急に増えたの。忙しいのは嬉《うれ》しくないわ。わたくしたちは、ほら、まだ青春を謳歌《おうか》しているころだから」

折原警視正は線香の煙に目をやって、「うむ」と、低く返事した。その間にも千さんが戻ってくる。ホースは水を吸ってパンパンになり、あとはノズルを開放するだけだ。

「こっちはいいよ。準備できたよ」

息を切らせて千さんは言い、怜に向いて、

「アパートの水は血で汚れていて役に立たないからさ、いつも通りまで行ってパン屋の水をもらってるんだよ」

「血で血を洗うのなんか、掃除じゃねえもんな」

「そうなのよーっ。こういう場所はね、徹底的にきれいにしないとダメなのよ」

三婆ズは口々に言うと、汚れの跡に塩を撒《ま》いてから作業を一時中断し、三人並んで土門たちを振り返った。そこでは闘う装束に身を包んだ土門と、上着を脱いだ赤バッジが、白布の上に立ち上がっていた。

有象無象の『道』を掃除するとはどういうことか。

怜は何もわからないまま、土門たちが見つめる先に目を向けた。

ビルから放り出された男性は、アパートとビルの間の路地に転落して死んだ。路地とビルを隔《へだ》てる敷地は境界標があるだけで明確には分かれていない。ビルがセットバックした土地と、アパート前の路地は地続きなのだ。さっきと同じく意識を集中してみると、三婆ズが掃除した地面には大人の腕ほどの大きさがあるナメクジが無数に這ったような痕跡が見えた。それは吹きだまりアパートの敷地から這い出して路地を渡り、敷地境界線を越えてオフィスビルに届いている。さらに壁を這い上がって四階の窓に達していた。

「……う……わぁあ……」

意図せずに変な声が出たのは、男が覗きをしていた窓を取り囲むように跡が残っていたからだ。おそらく彼は知らなかったんだ。悪意を持ってアパートを盗撮していたとき、向こうも至近距離から男を覗いていたなんて。皿のように巨大な目と、口だけしかないバケモノの姿を思い出し、怜は全身に鳥肌が立った。

四階より上には跡がない。異界に棲《す》むモノどもは招かれないと建物に入ることができないから、ヤツらは壁の外側から男に招かれるのを待っていたんだ。彼はヤツらを招いたのだろうか……ああ、そうか。たしかに招き入れたんだ。画像をネットに投稿し、『来て見て！』と呼びかけたとき。そして『いるよね？』と、問いかけたとき、化け物どもは嬉々《きき》として招きに応じ、男の体に侵入したんだ。

警視正が肩に触れたと怜は思った。幽霊は生きた人間の体を突き抜けるけど、触れられたときは体内を風が吹く。怜は警視正に引かれるままにアパートの塀近くまで下がった。三婆ズも同じ場所まで下がっている。

土門と赤バッジがやって来て、オフィスビルを向いて立つ。二人は白く発光し、その光が地面を照らすと、消石灰を撒いた場所からワラワラと小さなモノが湧き出してアパートへ逃げ帰っていくのが見えた。血や肉片や内臓の欠片《かけら》は回収できても、ああいうモノが染みこんでしまうとマズいわけだなと怜は思う。

土門は両手を挙げて天を仰ぐと、体内に何かを取り入れるふうに頭を下げた。北に向かって両脚を踏ん張り、極限まで腰を落とすと「はあ〜っ」と灰色の息を吐き、次には東に向いて黎明《れいめい》の色をした空気を三度吸う。

大きく口を開けて歯を叩き、吸い込んだ息を全身に巡らせた。

土門が足の位置を変えるたび、土中からワラワラと小さな異形が湧き出してくる。怜にはそれがはっきり見えるが、三婆ズもそうだろうかと目をやると、リウさんたちは胸元で手を握りしめ、土門の動きをうっとり見つめているのだった。

「臨兵闘者皆陣《りんぺいとうしゃかいじん》……」

土門はビルに九字を切る。そして厳《おごそ》かに印を結んだ。

「悪意降伏怨敵退散七難速滅七復速生秘……」

黎明の息を印に吹き入れ、印を解く。すぐさま次の印を結んで右手を胸に、左手を腰の左に置く。

「安田くん、見ておきたまえ。あれが刀印《とういん》だ。右手は刀で左手が鞘《さや》、空間を斬るぞ」

警視正の言葉より早く、土門は刀を振り下ろす。即座に空気は真っ二つに割れ、波動が稲妻のようにビルの壁を駆け上がっていく。そのときだった、赤バッジが土門の脇腹《わきばら》を抱え、高く飛んだと思ったら、四階の窓のわずかな出っ張りに爪をかけ、ビルの外壁に取り付いた。土門は平気な顔をしている。「臨!」「兵!」「闘!」「者!」水平、垂直、水平、垂直……と、手刀を切る土門を抱えて、赤バッジが壁面を走っていく。手刀で網を彫っているのだ。

「不動七縛りの印と呼ぶらしい。邪気や妖気を祓い、悪魔を縛ると言われるが、その実は清浄な『気』で檻《おり》を作って悪鬼を出さないためのものだ。見ていたまえ、縛るぞ」

「ふぅお～おぉおぉお～っ!」

土門は割れ鐘のような声で叫んだ。瞬間、赤バッジは宙を飛び、土門とともにトンボを切って着地した。土門はビルを睨んで立つと、右手の刀を左手の鞘に収めた。

「渇誐《かつが》印と呼ぶそうだ。壁面に編んだ檻を固定させたのだよ」

あれほど禍々しかった壁面の汚れが、きれいさっぱり消えている。残されているものといったら、警察の鑑識が指紋を採った跡だけだ。

たった今、自分は何を見せられたのかと怜は思う。小さくて、垢抜《あかぬ》けない風貌で、お地蔵さんのような土門が本気を出せば、怪異の通り道すら塞ぐとは。

へなちょこ祓い師にプライドを持っていた自分があまりに浅く、愚かに思えた。

「すごかったわねぇ〜っ」

と、興奮してリウさんが言う。

「そうだそうだ、すごかった。土門さん、惚れ直したよ」

と、小宮山さんも手を叩き、千さんだけが真顔になって、

「ほ〜ら〜、見るもの見たから仕事をするよ」

言うなりホースのノズルをガッと開いた。

ジェットの勢いで水が噴き、ヒーロー土門は悲鳴を上げた。

「待った、待った、ストップ、ストップ！　装束が濡れます！」

薄い髪の毛を振り乱して言うので、千さんは慌てて水を止め、「ごめん」と言った。

「ごめんごめん。水圧を上げたままだったみたい。おかしいね」

謝りながらも笑っている。

「俺まで吹き飛ばすつもりかよ」

赤バッジも文句を言った。土門は素早く逃げたけど、赤バッジはまともに水をかぶったらしく、ワイシャツが濡れて見事な筋肉が浮き上がっている。

「ごめんなさいねえ、京介ちゃん……あらあら、でも目の保養だわ」

満更でもなく言うので、水圧はリウさんの仕業だなと怜は思った。

「お願いしますよ。これはそんじょそこらの織物とは違うのですし、替えの利かない品なのですから」

土門は数メートルも後ろへ逃げて、せっせと衣装を拭いている。さっきまでの活躍はどこへやら、そそくさと上着を重ねるさまは、猫背で冴《さ》えないいつもの土門だ。

こんなすごいところを見るために、自分はここへ連れてきてもらったのだなと怜は考え、白布の上で身支度をする土門班長に近づいて頭を下げた。

「もの凄いものを見せていただきました」

「そうですか？」

土門はメガネをかけながら、驚いた顔で振り返る。

「班長の装束もですが、術も、呪文も、あと技も、すごかったです。『式』を飛ばしたりできるんだから当然と言えば当然なんだと思うけど、でも……」

凄さを認める言葉の裏には、普段の土門をさほど評価していなかったという事実があるので、怜は思わず口ごもり、

「勉強になりました」

と、簡単にまとめた。土門はメガネに飛んだ水滴を拭きながら、

「そうですかねえ」

と、意味ありげに笑う。

「先ほどの技は真言宗《しんごんしゅう》に伝わる『神通力悪魔縛り《じんずうりき》』のアレンジですが、悪魔を縛ると赤バッジが動けなくなりますから、悪意縛りに変えました。赤バッジは悪魔憑きですが、悪意のないサッパリとした性格ですから使えた術です」

その赤バッジは三婆ズに急かされながら地面の水洗いを手伝っている。水は霊体を突き抜けるので、警視正までが水の中に立って楽しそうだ。

身支度を済ませると、土門は白布の上に脱ぎ捨てられた赤バッジの上着を怜に渡し、白布の埃を払ってきれいに畳んだ。下面は穢れた地面に触れていたため、使い回すことなく焼き捨てるのだと言う。

「土門班長の技を見たら、ナンチャッテ祓い師をしていた自分が恥ずかしくなりました。ぼくはきちんとした知識もなしに依頼を受けていたんだなって」

「危険な真似をしていましたねえ……むしろ、きちんとした知識もなしに依頼を受けてこ

られたことが、私には驚きでしたが」

畳んだ白布を三婆ズのポリバケツに放り込み、土門は振り返ってニコニコ笑った。その笑顔すら怜には今までとは違って見える。土門は言った。

「何が見えましたか？　先ほど、術の最中《さなか》には」

「何って……班長と極意さんの体が光るのを」

「ほう。それだけですか？」

「班長の足が触れた場所から小さいモノが逃げていくのを」

「ほかには？」

「手刀が空気を切って、波動がビルの壁を駆け上がっていくのも見ました。壁面に網を彫っていくのも、それによって瘴気が消えるのも」

土門は頷き、「ふう」と微かな溜息を吐いた。

「あっ、そういえば」

怜は北と東を指した。

「北に向かって泥のような息を吐き、東からは桃色の空気を吸い込んでいましたね？　それを印に吹きかけて武器のように使っていた……あんなやり方は初めて見ました」

土門は一瞬言葉を呑《の》んで、マジマジと怜の顔を覗き込んできた。

真正面から土門を見たことがなかったので、怜は彼のつぶらな眼《まなこ》が哲学者のような深みを湛《たた》えていることを初めて知った。

「安田くんは……」

と、土門は小首を傾げて言った。

「わかっているのか、いないのか……優しすぎるがゆえに孤独だったのか」

どういう意味かわからなかった。

眉をひそめて唇を噛んだとき、土門はさらにこう訊いた。

「私たちが初めて会った夜ですが……ほら。公園ではなく、将門の首塚の近くで」

「ああ……はい」

「安田くんは警視正に忠告しましたね？　そちらへ行くのは凶ですと」

「はい」

「あのとき安田くんは、なぜ、そう感じたのですか？」

「なぜって、警視正の後ろに生首が見えたから」

土門は頷く。

「それは私も見えていました――」

そうであろうと、今日の土門を見たからわかった。では、なぜ土門は警視正を止めなかったのだろう。

「――もしかして安田くんは、それが警視正の首が飛ぶ予兆と思ったのでしょうか」

改めて訊かれると、自分が何を感じていたのかはわからなかった。怜はしばし考えて、

「具体的にそう思ったわけではありません。ただ、首塚のそばで生首を背負った人を見るなんて縁起が悪いと考えたのと……ああ、そうだ」

顔を上げて、土門に言った。

「声がしたんです。だから危険と感じたのかな。あの場所から離れるべきだと」

「どんな声です？」

口に出すのはおぞましくて厭だったけれど、相手が土門なので教えてあげた。

「時が来る。そのときが来るぞ。そんなふうに聞こえました」

一瞬だけ土門の顔色が変わったような気がしたけれど、

「土門さーん。帰るよ、帰るよ、ほれ、こんなとこに長居は無用だ」

小宮山さんが呼ばわって、怜と土門は会話をやめた。

抱えていた上着を赤バッジに返すと、彼は濡れたシャツに上着を重ねて、警視正が入ったリュックごと怜をグイと引き寄せた。耳元で、こう囁く。

「帰りは俺も乗ってくからな」

「乗ってくって、どこに？」

「決まってんじゃねえか、バンだよ、バン。掃除のバンだ。だから助手席は俺に譲れよ？俺のほうがガタイがいいんだからさ」

「いいわよー。後ろでギュウギュウしながら帰りましょ？　ね、怜くん」

マスクを外したリウさんが怜に腕を絡めてくる。

「ほれ、あれこれ運んでいかねえと。時給がどんどん安くなるよ」

ホースを巻き取りながら小宮山さんがリウさんを追い立て、千さんはポリバケツを通りへ運んでいった。手分けしてお掃除道具を持ちながら、

「じゃ、警視正のリュックもお願いしますね」

と、赤バッジに怜は言った。

「私はかまわんよ。極意くんの膝の上でも」

赤バッジは警視正に愛想笑いしてから、見えないところで怜の頭をロックした。

「ふざけんなよ？　リュックも後ろだ」

そして、ごく小さな声で（掃除道具と一緒に積んどけ）と囁いた。

（そんなことできませんよ）

「さあ帰ろうじゃないか。清々《すがすが》しいねえ、仕事の後は」

何もしていないのに一番スッキリした顔で警視正が先へ行く。

赤バッジは怜を小突きながら、全員をビルの隙間へ追い立てた。立ち入り禁止の黄色いテープを張り直し、車に荷物を積んだ後、三婆ズと怜を後部座席に押し込んで、怜が渡した警視正のリュックを怜の膝に置き戻してから扉を閉めた。まんまと助手席に乗り込む

と、反論には耳を貸さずにスマホを出して電話した。相手は神鈴のようだった。

「俺だ。極意だ。あ？　終わったよ」

後部座席に四人も並べば、リュックがなくてもぎゅうぎゅうになる。怜とリウさんの膝は重なっているし、千さんも小宮山さんも窮屈そうだ。赤バッジはダッシュボードに置いてあった駐車禁止除外指定車のカードを片付け、発進してくださいと土門を見た。

車はゆっくり動き始める。

「三婆ズと俺たちがいて、しくじるはずねえだろ？　そっちこそどうなんだ。ネットは無事に流れたか。そりゃよかった……あ？　笹寿司？　どこに？」

赤バッジは後部座席を振り返ったが、

「ごめん。ぜんぶ食べちゃった」

千さんがすまして言った。正座した警視正を膝に乗せた怜は溜飲《りゅういん》が下がったが、赤バッジは残念な素振りも見せずに神鈴と話をしている。

「電話したのは別の件だよ。頼みがあってな」

そしてまた振り返る。今度は三婆ズではなく警視正を見た。

「あのアパートだが、新規契約者が出ないよう、不動産業者のホームページから削除してほしいんだ。そうだ、警視正も了承済みだ。クリックすると閲覧不能になるよう細工するんだ。簡単にできるだろ？　どうせ誰も儲《もう》からない物件だ。大家は死んでるし、不動産屋だって三婆ズに掃除代を払うために貸してるようなもんだしな」

「しかもあそこは金額固定で安いのよ〜。わたくしたちも損はしないわ。もっと稼ぎのいい物件はいくらでもあるから、神鈴ちゃん、遠慮しないでいいわよぅ」

「有象無象が満杯だし。ちょいと飢えさせねえじゃヤバいと思うよ」

「すぐに止めてもらうのがいいかもね」

三婆ズが口々に言い、

「そういうことですので、神鈴くん」

と、土門も言った。

「じゃあな？　後は頼むぞ。俺たちも直《じき》に戻る」

赤バッジはスマホを切ると、

「すぐ対処するそうです」

と、警視正に報告し、何がおかしいのか「ぎゃはは」と笑った。

「後ろはハーレムみたいだな」

リウさんが肩に頭を載せてくる。赤バッジの言い方には腹が立ったけど、人の体が近くにあると、温かくて心地いいなと思ってもいた。色々な人たちと会ってきたけど、体が密着するなんてことは小学校の運動会くらいしか記憶にない。ただじっと座っているとき、体温を感じる人がそばにいて、その人の頭が肩にあり、腕の細さや指を感じる。肉と肉の触れあいではない、こんな距離感を怜は知らない。祖父母がいたなら、母親がいたならば、もしくは父親を知っていたなら、兄妹《きょうだい》がいたなら、どうだったろう。

目の前にあるのは正座した幽霊の後ろ姿で、その先に赤バッジの後ろ頭が見えていて、運転席には土門班長、そして隣にリウさんがいて、小宮山さんと千さんが肩をすくめて座っている。狭い車内に人いきれがして、呼気に人のぬくもりがある。六月の午後はまだまだ明るく、街は新緑で輝くようだ。

外の景色を眺めながら、今まではただの景色だったそれに生者の姿を認識している自分に気付いた。霊能力が高すぎて、長いこと死者と生者の見分けがつかずに生きてきた。でも今は、相手が生きているのかどうかがわかる。それはおそらく自分自身が、生きようとする力に溢《あふ》れてきたからなのだと思う。

――安田くんは優しすぎるがゆえに孤独だったのか――

さっき土門に言われた言葉の意味を考えてみたけれど、怜には理解ができなかった。優しい孤独ってなんだろう。凄腕陰陽師の土門には何かが見えているのだろうか。

「まだまだ知らないことばかり」

と、自分自身に呟いた。小さな声を聞きとがめた人は誰もいなくて、三婆ズは土門班長が如何《いか》にカッコよかったかについて論議している。赤バッジは前を見たままで、土門はただニコニコしている。貴重な織物だという白い装束はカッコよかったけれど、上着を羽織《はお》ればいつもの土門だ。

　でも、ぼくは、と怜は思う。今日、土門班長のもうひとつの顔を知ったんだ。

　窓の外を見てニヤニヤしていると、

「嬉しそうだな、安田くん」

　グルンと首を回して警視正が言った。

「どうだ？　現場は役に立ったかね？　いったい何を考えていた」

「ええっと……それは……」

　具体的にどう役立ったかをうまく言えずに、怜は言葉になることだけを答えた。

「リウさんの体が温かいなって……あと、狭い車内が新鮮だなと」

「はあ？　死にそうな婆さんの体がか？」

と赤バッジが笑い、リウさんにポカッと頭を叩かれた。

「痛てっ、なにすんだ」

「レディを死《し》に損《ぞこ》ないなんて言うからよ」

「死に損ないとは言ってねえ。死にそうなババアと言っただけだ」

「ババアですって？　声がいいと思ってなめないで」

「まあまあリウさん。若い人から見ればあたしらは年寄りなんだしさ、誰だってババアやジジイになるんだからさ」

「わたくしはならないわ。永遠の乙女なんだもの」

「てか、リウの婆さん、俺の頭を何で叩いた」

「靴よ靴、決まってるじゃないの」

「なんだとおおお」

背もたれ越しにバトルする赤バッジとリウさんを見ていると、怜は急に可笑《おか》しくなった。なるべく声をひそめたけれど、そうすると可笑しすぎて涙が出てきた。もはや笑いは止めることができず、体を二つ折りにして笑っていると、警視正と怜の上半身が重なるのを見て三婆ズも笑い出し、赤バッジまでもが「ぎゃはは」と笑った。

「いいですねえ、いいことです。笑いは悪意を浄化しますから」

ニコニコしながら土門が言った。

道路の先に外桜田門が見えてくる。怜は温かくなった心を抱えて、大切な存在ができたことの幸福と、彼らの無事を案じる恐怖とを、同時に味わっていた。

エピローグ

その晩の夜勤当番は怜だったが、装束の手入れと後始末があるから自分が残ると土門が言って、定時に帰るよう指示された。神鈴や広目と一緒に本庁を出るとき、二人が今日の顚末《てんまつ》を知りたがったので、三人で夕食に行くことになった。

「いいですね。班でごはんとか、よく行くんですか?」

訊くと神鈴が、「ぜんぜんまったく」と、即座に答えた。

「警察関係者……特に刑事は腹の探り合いばっかりしていて仲が悪いの」

「俺たちも同様だ。仲間ではあるが、友だちではない」

と、広目も言った。

「仕事以外で広目さんと街へ出るのはこれが初めて。土門班長の仕事ぶりに興味を抱いたのもこれが初めて。仕事終わりにコンビニ以外へ行くのも初めてよ」

そう言って神鈴は笑った。

「安田くんはどうか知らないけれど、私たちはみんな異能者として育ったから、他人と自分の違いに納得していて……。普通の人と違うって、子供のころは理解できないし辛《つら》いでしょ? 孤立しているほうが傷つかないって、学んでしまっているのよね」

虫使いが虫を入れるポシェットを、神鈴は弄《もてあそ》んでいる。彼女が言うことはよくわかるし、孤立していたのは自分だけじゃなかったんだという当たり前のことにも驚いた。神鈴も広目も班長も、生まれたときから異能者として育てられてきたわけだ。

「でも、班へ来たなら違ったでしょう?」

「多少はね。だけど、それぞれ力が違うし、そう簡単に本質は変えられないわ」

「新入りは忘れていないか。俺たちは互いの魂を縛り合う者同士だぞ？　下手に相手に踏み込んで、そいつを殺《や》らねばならなくなった場合はどうするつもりだ」

警視正の髑髏《どくろ》をたたき割る自分を想像すると、心が冷えた。たしかにぼくらは友だちじゃない。けれど親しみを覚える気持ちは止められない。無言でいると広目は笑った。

「……何かが変われればその先も変わる。俺たちも最初から今のようだったわけではない」

「前はどうだったんですか？」

「それを聞いてどうするのだ」

意地悪に言いながら、広目は髪を掻《か》き上げた。サラサラの髪が風になびいて、シャンプーのコマーシャルを見るようだ。六月の宵はまだ明るくて、江戸城のお濠に薄水色の空が映り込み、呑みの場所を探すサラリーマンたちが、あっちへ流れ、こっちへ流れと移動していく。何かが変われればその先も変わる。以前のミカヅチ班を知らないし、何が変わったのかも怜は知らない。その変化はぼくらの仕事にどういう影響を与えるのだろう。

凶聞の吹き回しはあのまま止んで、吹きだまりアパートは不動産業者のホームページから消えた。そうなると、新たな悪意はどこに吹きだまるのか。先輩二人に訊きたいことは色々あるけど、一般人の間で交わす会話でもないので口を噤《つぐ》んだ。

かわいらしいビジュアルの神鈴や、一際目立つ容姿の広目と一緒に歩いていると、見知らぬ人たちが振り返る。怜はそれが誇らしかった。振り向かれたことなどないからだ。今までは自分がこの世に存在していないかのようだったけど、もう違う。友人じゃなくてもぼくらは仲間だ。孤立と孤独を知る者同士だ。

「安田くんもそれでいい？」

突然訊かれて、

「え？」

と答えた。半歩ほど前で神鈴が振り向き、

「もう、やだ。ごはん屋さんよ。私は焼き鳥が食べたいんだけど……呉服橋《ごふくばし》のガード下に美味しいお店があるって聞いて、気になっていたけど、独りじゃなかなか勇気がなくて……そこへ行ってみたいのよ。どう？」

「あ、はい。焼き鳥は大好物です」

答えると広目が唇を歪めて、

「きみは今日の現場に脳みそを置いてきたんじゃなかろうな」

と言った。

「いやだな。そんなはずないじゃないですか。行きましょう、行きましょう、焼き鳥食べに行きましょう」

「安田くん。今日はテンションが入り乱れていて変よ」

今日のぼくは一人じゃない。怜は顔を上げて胸を張り、広目と神鈴の並びに進んだ。眼前にあるのはオフィス街のビル群で、今はもう奇妙な声も聞こえなかった。


「安田くんがそう言ったのか」

一方、ミカヅチ班のオフィスでは、折原警視正が土門と並んで禁忌の扉を眺めていた。

「はい。声を聞いたと話していました。時が来る……そのときが来るぞ……」

「なるほど……」

警視正は両脚を広げて背筋を伸ばし、腕を後ろで組んでいる。

「死んでみれば生前より遥《はる》かに様々なものが見える。凶聞の吹き回しも、そのせいだということだろうかね?」

「わかりませんが、私たちが将門塚で安田くんに会ったのも、偶然ではないような気がしてきました。彼は今日、麹町の現場で、術が空気を切り裂くのさえ見たようです」

「ふむ」

警視正は頷いた。

「どう思う?」

「由々しき事態が近づいているのは間違いない……そんな気がしますねえ」

そういう土門の視線は鉄の扉に注がれている。いま、扉は柔らかいもののように撓《たわ》んで、ドクン、ドクン、と鼓動が聞こえる。そのたびに二人の足元も揺れ、落書きのような赤い模様が渦巻きの形に変じていた。一方向に収束していく渦ではない。それは摩訶不思議《まかふし》議《ぎ》な様相を呈《てい》して、アパート前の路地に描かれた死の跡に似ているようにも思われた。

「収束するだろうかね」

「いったんは収束することでしょう。ただ、それも大いなる脅威の始まりにすぎない。土《つち》御門《みかど》家の伝聞によれば、事触れは波の押し引きのように繰り返し、やがて津波になるのだと……」

「それを処理できると思うかね？」

「するしかないです。それが私たちの使命ですから」

土門らの声だけが響くミカヅチ班のオフィスに、今宵《こよい》も闇が訪れようとしていた。

エピソード2　地獄の犬

――もしも地獄のまっただ中にいるのなら、そのまま突き進むがいい。

ウィンストン・チャーチル――

プロローグ

七月初めの金曜日。

曇天《どんてん》の霞が関には、ぬるさと冷たさの入り交じった風が吹いていた。

安田怜は風の匂いを堪能《たんのう》しようと、少しだけ遠回りをして裁判所前の歩道橋へ上がった。眼下を貫《つらぬ》く車道の先は、東北側に大手町のビル群がそびえ、南側には霞が関の庁舎群が立ち並んでいる。

歩道橋の真ん中あたりで足を止め、胸いっぱいに風を吸い込むと、北に青空の匂いを感じた。パレスホテルの上空に雲が薄くなったところがあって、奥に青空が覗く気配がしている。日が射せば一気に暑さが増すけれど、それでもやっぱり晴れているほうが気持ちいいなと怜は思う。そのほうが、心が上向きになるようだから。

もっとも怜の勤め先は地下三階にあるので、オフィスに着いてしまえば暑さ寒さも外の天気も感じない。だからこそ、通勤時に触れる東京の空気が愛《いと》おしいのだ。

一直線に延びる道路と、その縁《へり》を飾る樹木の緑、灰色の車道に引かれた白線や、地平にそびえるビル群などを眺めていると、直線のみを用いて造られた街という空間の頑固さを想う。道路も真っ直ぐならビルの輪郭《りんかく》も真っ直ぐで、壁面に並ぶ窓も真っ直ぐだ。もしも植物がなかったら、近代的な景観は堅くて寒々しくて威圧的に感じられることだろう。

人間はどこへ向かっているのかな。ぼくはどこへ向かうのだろう。

もう一度風を吸い込んでみたけれど、湿り気のほかには、やはりぬるさと冷たさを感じた。同時に微《かす》かな悪臭も。

あれ？　なんで？

怜は周囲を見渡した。大勢の人々が暮らす東京は、街そのものが様々な匂いに溢《あふ》れている。換気扇から噴き出す料理の匂いや、太陽に炙《あぶ》られたアスファルトの匂い、公園の緑とトイレの臭いが入り交じっている場所もあれば、濁った水の匂いがする街もある。場所によって様々な匂いがあるけれど、この朝感じた悪臭はどれとも違うものだった。歩道橋の下を行き交う車の排気ガスとも違うし、薬品の匂いでもない。もっと肉的で、頭の裏側に刺さる感じがするものだ。七月のビル風に刺すような臭気が混じり込んでいるなんて。

怜は歩道橋を戻って、警視庁のビルへ向かった。下には大きく枝を張り伸ばし、茂った葉で木陰《こかげ》を作る街路樹の並ぶ道が続いている。その木陰に立ったとき、怜は道の前方に奇妙な物が落ちているのに気がついた。

血のようだ。肉片かもしれない。いや……なんだろう。肺にさっきの悪臭を感じた。

官庁街はいつもきれいに保たれている。歩道も車道も清掃が行き届き、鳥や動物の死骸が長時間放置されるようなことはない。けれどもそれは落ちている。一ヵ所ではなく、点々と続いているようだ。近寄ると、やはり肉片のようである。怜は血の跡を目で辿《たど》り、興味本位に追いかけてみることにした。

歩道の汚れ以外はいつもと同じ、爽《さわ》やかな朝の通勤風景だ。官庁街を行く人は誰もが背筋を伸ばして歩く。仕事鞄を片手に提げて、もう片方の手にはスマホを持って、本日の仕事の段取りなどを考えている。服装も歩き方もスマートで、足元のゴミや汚れに注意を払う者はいない。

対して怜はいつも通りのラフな格好だ。背中に黒いリュックを背負い、薄手のシャツにデニムパンツで、革靴ではなくスニーカーを履いている。髪の毛は天然パーマで、どちらかといえば童顔だ。前のめりになって官庁街を歩く姿は、オリエンテーリングで関門地点を探す大学生に見えるだろう。

木陰に小さな血溜《ちだ》まりがあり、肉片が固まって落ちていた。変色して溶けかかり、腐ったような臭いがしている。そこから先は血痕《けっこん》で、点々と続いたその先に大きめの肉の塊《かたまり》がベシャッと落ちていたりする。これはいったいどういうことか。しかも、なんの肉だろう。怜は屈《かが》んでよく見たが、正体はわからなかった。立ち止まる足が見えたので顔を上げると、通勤途中の役人らしき人物が怪しいものを見るような一瞥《いちべつ》を怜に向けて立っていた。思わず愛想笑いをすると、彼は地面の肉を平気で踏んでいく。

怜は気付いた。普通の人には見えてないんだ。たぶん臭いもわかっていない。

足を止め、立ったまま不穏な痕跡を目で追った。交差点あたりには髪の毛らしきものまであって、汚れは一直線に横断歩道を渡っている。それで人間のものだとわかった。けれども本物の血肉なら普通の人にも見えるはずだし、死んだ人間の血肉なら、これほど活気に満ちた場所に落ちているのはおかしいし、真っ直ぐに続いていすぎると思う。

「……え」

と、怜は自分に訊いた。なんなのか、答えはまったくわからない。ただ、辿っていった先には本体があるはず。小走りに血の跡を追いかけて勤務先の警視庁本部を通り越し、桜田門駅への入口も通り越し、議事堂前の銀杏《いちょう》並木のほうへと向かった。その道を走った先は国会議事堂で、そこで怜は立ち止まる。大分来てしまったなと思う。

汚れの正体を確かめたい気持ちと出勤時間の狭間で悩み、追跡するのを諦《あきら》めた。なんであれ、腐ったり汚れたり散らかったりしているものを追いかけて幸運と巡り合うことはない。先にあるのはこうしたものをまき散らさずにはいられない何かだ。近づけば汚れるし、おびき寄せられているのかもしれない。興味本位で近づいて酷い目に遭った人たちをたくさん知っているじゃないかと、怜は自分に向かって言った。

でも、気になる。見たことも聞いたこともない現象だからだ。

スマホを出して歩道の汚れを写真に撮った。目にはハッキリ見えるのに、画像を確認すると自分のスニーカーのつま先が写っているだけだった。

「わー……やっぱダメかぁ」

怜は自分に呟いて、出勤するため道を戻った。

この場合は、本体を追いかけていくよりも、怪異について造詣《ぞうけい》が深いミカヅチ班の先輩たちに話をするほうが早いかもしれない。数歩行ってから振り向くと、血肉が落ちていたあたりには、黒々と瘴気の靄がかかっていた。

其の一　首なし幽霊の後悔

来た道を戻ると、不穏な跡はすでに消えてしまった後だった。

不思議なことがあるものだと、意識的に血肉が落ちていた場所を踏んでみたけれど、何ひとつ霊感に響かなかった。つまり、あの血肉は残留思念でも幽霊でもないということだ。残留思念なら消えたりしないし、幽霊が残した跡ならば、何らかの想いが響いてくるはずだからだ。バケモノの食い残しを見たのかなと考えて、それが一番近いかもしれないと怜は思う。

いずれにしても、普通の人には見えなくて、臭いも恐怖も感じないというのなら、放っておいていいわけだ。ただ自分が知りたかったというだけで。

空が晴れていくにつれ、街路樹の木陰が暗さを増して、地面が吐き出す湿り気がムシムシと宙を漂い始めた。木々の匂いや夏の空気を感じつつも、腐肉の悪臭はまだ怜の記憶にへばりついていた。豊満に葉を茂らせたユリノキの香りを貪《むさぼ》って、うっすらと汗を滲《にじ》ませながら中央合同庁舎ビルへ向かっていくと、街路樹の木陰に佇《たたず》んで物憂《ものう》げに警視庁本部庁舎を見ている二人の女性に気がついた。何をするでもなくただ建物を眺めているが、その物憂げな様子に心惹かれて、声をかけるべきだとなぜか思った。

一度は前を通り過ぎたが、やっぱり後ろ髪を引かれて立ち止まる。

自分に溜息を吐いてから、怜は振り向き、彼女たちの前まで戻った。

「おはようございます」

会釈してから、こう訊いた。

「何かお困りですか？」

二人は面食らった顔をした。見ると似ていて母娘《おやこ》に思える。母親のほうは五十歳前後。娘のほうは、たぶん自分とそう違わない。大きな荷物を持っているわけでもないから、観光客でもないのだろう。警視庁に用事があって、どこで受付をすればいいか探しているのかもしれない。

「ああ……いえ」

と、母親が先に微笑んだ。

「建物を見ていただけで、大丈夫です」

隣で娘も頷いた。ふっくらとして血色がよく、両手をお腹《なか》に置いている。涼しげなワンピース姿で、踵《かかと》の低いデッキシューズ履き。夏なのにサンダルでないのは転ばないようにしているからだ。そういえば、お腹が少し大きいかもしれない。

建物を見ていただけと言うけれど、この位置から特徴的な佇まいは見えない。見えるものといえば歩道の先にある御影石《みかげいし》の土留めや、その上に生《は》えている巨大な銀杏や、『警視庁本部庁舎』『東京都公安委員会』『警視庁』と記されたサイングらいだ。

ゴミひとつない歩道をセカセカ歩いて、人々が庁舎へ向かっていく。近くを通り過ぎた役人が何もないところで躓《つまず》きそうになったので、怜は苦笑しながら言った。

「皆さん慌ただしいですね」

「ええ。ほんとうに」

母親は一瞬だけ遠い目をして、

「ホントに皆さん忙しそうだわ」

と、同じことを繰り返す。

どことなく自分自身を納得させるような言い方で、だから怜はまた訊いた。

「もしかして、誰かを訪ねていらしたんですか？　それなら、ぼくが受付へ行って、どこから入ればいいか聞いてきましょうか？」

しつこく善意を申し出る妙なヤツだと思われるだろうかと考えて、余計なことまで付け足した。

「いえ、ぼくも初めて来たときは、なんか圧倒されちゃって……どうしていいのか、わからなかったから」

母親は怜の顔をじっと見て、

「ありがとうございます」

と、ニッコリ笑った。

「こちらにお勤めなんですね」

「勤め始めたばかりですけど」

すると今度は娘が言った。

「中に入りたいわけじゃないんです。父が警視庁本部に勤めていたので――」

母親の腕に手をかけて、もう片方の手はお腹に置いているので、やっぱり妊婦さんなのだろう。

「――今さらですけど、父が働いていた場所を見に来たんです」

「過去形なんですね」

怜が小首を傾げると、

「事故で亡くなったんです」

と、娘は言った。

「ああ、それは……すみません。無神経に立ち入ったことを訊いてしまって」

「大丈夫です。もう何ヵ月も経《た》つし、気持ちの整理もついているので」

「報告したいことがあって、娘と一緒にお墓参りしてきた帰りなんです。ただねえ、夫は仕事人間だったし、お骨の一部をこちらに預けていることもあり、本人はお墓にいない気がして……それでこちらへ寄ってみたんです」

お骨の一部を預けている？

「まさか、折原警視正のご家族ですか」

思わず問うと、目を丸くして娘が訊いた。

「嘘でしょ、パパを知ってるの？」

「ええ、はい。ぼくは安田怜と言います。折原警視正とは……」

言いかけて、考えた。『彼の頭蓋骨の番をしています』とは言えないし、『幽霊ですけどお元気です』と言うのも変だ。それで、

「……警視正のお噂はかねがね」

と、言葉を濁した。

風が吹き、薄《うっす》らとかいた汗が冷えていく。銀杏の梢《こずえ》がサラサラと鳴り、隙間から木漏れ

日が射し込んできた。空が晴れてきたのだろう。

「まあ、そうですか……では、夫が生前お世話になったということですね――」

奥さんが微妙な表情で怜に訊いた。怜は生前の折原警視正を知らないが、自分と彼との関係を長々と説明するのも違う気がして返答を控え、ペコリと軽く頭を下げた。

「――主人のことですから、部下の方々にはご迷惑をおかけしたことでしょう」

「いえ、そんなことは」

「わかっているんです。父は頑固で、思い込みが激しくて、超スーパー仕事人間だったから、職場ではきっと嫌われていたと思います。すみません」

「そんなこと全然ないですよ。折原警視正は毅然《きぜん》として頼りがいがあって、飄々《ひょうひょう》としていてお茶目です。どちらかというと愛されキャラで……」

つい喋りすぎてしまったので、

「すみません」

と、怜は言った。

「そんなはず……――」

奥さんは心から驚いたという顔をした。

「――じゃ、あの人は、職場でうまくやっていたんでしょうか」

「やってます……やってました……やっておいでででした」

「そう」

母娘は互いの腕を抱き寄せ合った。

「嘘じゃないです。本当です。個人的にもぼくは警視正が大好きで、父親みたいに感じることがよくあり……ました」

毎日顔を見ている相手が二人にとって故人だということが、ややこしくて言葉に詰まる。

「えーっと……あーっと、すみません。本当のご家族に出過ぎたことを言っちゃって」

怜は再び頭を下げた。だって本当にその仏さんは、毎日嬉々として仕事しているのだ。

「いいんです。聞かせてくれて嬉しいです。私たちは、また、あの人が……人間関係もうまくいかずに、職場の人にも迷惑かけて、辛《つら》いなかで仕事をしていて、そのまま死んでしまったと思っていたので」

「父にお茶目なところがあったなんて信じられない……でも、それを聞けて嬉しいです。昔はそういうときもあったとママは言うけど、私の記憶にある父は、単語でしかものを言わない感じだったんです。小さいころのアルバムには笑顔の父の写真もあるのに、私が知ってる父とは違うって、ずっと不思議に思ってました」

「職場で孤立していたわけではないんですか？」

「とんでもない。そんなことあるわけないじゃないですか。警視正はチームの柱ですよ」

心を込めて断言すると、二人は顔をクシャリと歪めた。笑ったのかもしれない。

「そうですか……それを聞いて安心しました。ああ、だから、もしかして――」

と、奥さんは静かに言った。

「――お墓からこちらへ来てみようと思ったのは、たぶん、こういうことだったのかもしれないわ」

「こういうこと、とは？」

「いつもはこんな早い時間にお墓参りなんてしないんです」

「そもそもお墓参りの日じゃないし」

と、娘も言った。お腹を見下ろして小さく笑う。

「やっと安定期に入ったから、赤ちゃんができたことを父に報告しなきゃって、なぜか突然思ったんです。父が突然亡くなって、結婚式を延期して……でも、赤ちゃんができて、バタバタしちゃって……今さらですけど、私、本当は父とバージンロードを歩きたかったし、妊娠も喜んでほしかったんです……だけど、父とは上手にコミュニケーションが取れなくて、結局は、私のことを何も知らずに死んじゃったので」

娘がお腹に置いた手にやさしく触れて、母親が怜に言った。

「そんなことないんですけどね。あの人も、娘のことは色々知っていたとは思うんですけど。ほら、男の人は気持ちを言葉にするのが下手だから……そのあたりは私がフォローするべきでした。でも、まさかこんなに突然、別れが来るとは思いもせずに」

顔を上げて話題を変える。

「赤ちゃんがお腹にいると暑いんですよ。だから、涼しいうちにお参りに行こうと」

「お線香を上げて手を合わせたとき、なんとなく、中が空っぽの気がしたんです。父はお墓にはいないと思って、そしたらママも同じ感じがするって」

奥さんはニッコリ笑った。

「あの人のことだから、死んでも仕事をしている気がしてこちらへ来ました。目を三角にして、歯を食い縛って、辛い仕事を続けているなら、孫ができたことを知らせてあげたい。もうね、仕事は部下の方々にお任せして、そろそろ娘や孫を見守ってくれてもいいんじゃない？　ここに立って、建物を見て、恨みがましくそんなことを考えていました。そうしたら、安田さんでしたっけ？　安田さんとお目にかかって、あの人の話を聞かせてもらうことになるなんて……土門さんはお元気ですか？」

「はい、元気です」

「どうぞよろしくお伝えください。その節は色々と親身になっていただいて感謝してます。今は娘に赤ちゃんもできて、私たちは無事に暮らせていますと」

「伝えます」

「父がこっちへ呼んだのかもね。なんか、そんな気がします」

「出産のご予定はいつですか？」

僭越《せんえつ》ながら訊ねると、娘は晴れ晴れとした顔で、

「十月です」

と、教えてくれた。警視正にお孫さんができる……怜は胸が熱くなる。

「元気な赤ちゃんが生まれますように。どうかお大事になさってください」

「ありがとうございます」

「それでは、私たちはこれで」

二人はペコリと頭を下げて、地下鉄のほうへ歩いていった。

その後ろ姿を見送りながら、警視正は奥さんや娘さんや赤ちゃんに会いたいだろうなと、命の不思議に思いを馳《は》せた。彼は死んだが、孫が生まれる。警視正がいなければ生まれなかったはずの命が、警視正のいない世界に生まれてくる。

自分自身の命がどこから来たか、怜は考えたことがない。名前も知らない、顔も知らない、匂いも、声も、笑顔も知らない両親がいて、だから自分は生まれたのか……そのことを素晴らしいと感じたことはなかったし、むしろ、どうして生まれてきてしまったのだろうと悩んできた。親たちは何のために自分を産んで、どうして放り出したのか。そもそもぼくを産むことは、二人にとってどうだったのか……考えても答えの出ないそのことを、考えようともしなくなったのはいつからだろう。

警視正の奥さんと娘さんの姿が小さくなっていく。二人は地下鉄の入口あたりで振り返り、そろってペコリと頭を下げた。怜は二人に手を振って、終始お腹に手を置いていた娘さんの姿を胸に刻んだ。

ぼくの母さんもそうだったろうか。ペッタンコの靴を履き、涼しいうちに外へ出たのか。命をかけてぼくを産み、そしてぼくを捨てたんだろうか。

クルクルの髪を風がなぶって、長い一房が額に落ちる。

天然パーマは母親譲りか、父親か。

出勤するため建物へ向かいながら、まだ考えていた。命はどの瞬間まで、誰のものだろう。生まれた瞬間、それはぼくのものになったのだろうか。陰陽のバランスが世界を創《つく》ると土門は言った。ぼくが生まれたことにより、世界はどう変わったのかな。もしくはほんの少しでも、変えることができるんだろうか。実感として捉えにくかった『バランス』について、怜はヒントを得たように思った。

いつもの荷物用エレベーターで、怜は地下三階のミカヅチ班へ出勤した。

そのころには警視正の奥さんや娘さんに会ったという興奮で、朝見た血や肉片のことはどうでもよくなっていた。霊能力を持つ怜は、普段から血や肉片どころでないものを見慣れている。交差点近くの縁石に腰かけて救急車を待つ死人を見るし、公園の奥にある森でぶら下がったままの自殺者を見る。死んだという自覚がないからあの世へ行けず、宙ぶらりんになった生死を持て余しているのだ。逆に、死んでいることを確認したくて誰彼かまわず声をかけ、反応のなさに絶望している死者もいる。やり残しや心残りに囚《とら》われてこちらに残ってしまった警視正のようなタイプは、死んだことを自覚しているのに彼岸へ渡ろうとはしない。

昼も、夜も、死者は人に紛《まぎ》れて存在している。ちょっと見で区別はつかないが、目が合った瞬間にハッとして喜べば幽霊だ。誰も反応してくれないから疲れ切って途方に暮れていたところへ『見える』相手が来たわけだから、藁《わら》にもすがる思いで憑いてくる。一緒に来たっていいことなんかないのに、死者が行くべき場所へ行く以外には、その先へ進めるはずもないというのに、生きた人間をつけ回し、欲求が通らないと怒るのだ。

だから怜は見えないふりを続ける。対応するにはあまりに数が多すぎるから。人間と目を合わせないのも同じ理由だ。死者か生者か、瞬時に判断するのが難しいから。

エレベーターは地下三階で止まり、怜は長い廊下に降りた。

ミカヅチ班で面接を受けたとき、怜は試験マニュアルに則《のっと》って警視正に挨拶《あいさつ》をした。あのときのことを思い出すと、今もニヤニヤしてしまう。まさか幽霊が黄金の警視正バッジを光らせて重役デスクに座っているとは思わなかった。

認証機器にＩＤをかざし、パスコードを打ち込んで、彼は職場に出勤した。

「陽咲《ひなた》に子供が」

と、震える声で警視正は言った。朝のお茶を飲みながら、怜は警視正に、奥さんと娘さんが庁舎の前まで来ていたことを告げたのだ。

陽咲という名前は福々しくて明るい雰囲気の彼女にピッタリで、そうした名前を選んで授けた警視正の心の内を怜は思った。奥さんは仕事だけの人みたいに言っていたけど、そんな人は娘さんにこの名を選ばないだろう。

「で、どうなんだ？　お腹の子供は順調に育っているかね」

身を乗り出して訊いてくるので、怜は席を立って警視正のデスクまで行った。

「娘さんはとてもお元気そうでしたよ」

「そうか。男かな、女かな」

「さすがにそこまでは……」

「安田くんは透視能力者ではないですからねえ」

と、ニコニコしながら土門が言った。

「そういえば、奥さんが『土門班長によろしく』と仰《おっしゃ》ってましたよ。親身になってもらって感謝してます、今は無事に暮らせていますと」

「いえいえ、たいしたことはしていません」

土門は恥ずかしそうにしている。

「警視正が亡くなったとき、お嬢さんはまだ結婚していなかったんですか？」

自分の席から神鈴が訊いた。

班のみんなはそれぞれの家庭の事情を共有しているとばかり思っていたが、どうもそうではないようだ。自分も生い立ちについて話す気はなかったけれど、土門には最近訊かれて、話した気がする。

「独身だったよ」

と、警視正は少し淋しげな顔で答えた。娘さんは一緒にバージンロードを歩きたかったと言っていたけど、それについては黙っていた。今さらどうにもならないからだ。

「好きな相手がいることは妻から聞いていたのだが。なんとなく有耶無耶《うやむや》のままにしてしまったなあ」

「じゃあ、警視正は娘さんのご主人を知らないんですね」

怜が訊くと、警視正は頷いた。

「今さらだがね、会う気がなかったわけじゃない。しかし、諸手《もろて》を挙げて賛成する気もなかったのだよ。一度は反対しようと決めていたからな」

「どうしてですか？　会ってもいないのに、根拠もナシに反対する気だったんですか」

神鈴が訊いた。警視正は神鈴のほうへ顔を向け、

「神鈴くんは幾つだったかな」と訊いた。

「今年二十五ですけれど」

「陽咲はひとつ年上だ。いい大人だし私の子だから、信用しないわけではないが、こういう仕事を続けていると、結婚の素晴らしさより危うさのほうが心配になってね……陽咲が十歳になったとき、どんな男を連れてきても一度は反対しようと決めた。二つ返事は決してするまい。あの当時、小学校で『二分の一成人式』というのが流行《はや》っていたのだがね」

「あ、たしかに。私もクッションとか作りましたよ？　学校に親を呼んで感謝の手紙とプレゼントを渡すという……子供にはよくわからないイベントだったわ」

「それだよ。たまたまうまく休暇が取れて参観に行き、成人式の半分か……いつか成人するのだなと思ったりした。そして陽咲が恋をして、相手を紹介される日を意識した」

警視正は遠くを見るような表情だ。

子供ができて、その子が育って、親の許《もと》を巣立っていく。そのとき親は嬉しいのかな、淋しいのかな。その感覚を、怜はまだわからない。神鈴も広目も同じだと思う。土門だけが普段通りの顔をして、ニコニコとお茶を啜っている。

「警視正は、娘さんをお嫁に出したくなかったんですか？」

責めるような口調で神鈴が言うと、

「それは違う。娘の幸せを願えばこそ、だ」

警視正は言下に否定し、隣で土門も頷いた。結婚を申し込む立場の怜は興味で訊ねた。

「どういうことですか？　祝福したい気持ちがあるのに反対するって」

警視正は首をグルリと回した。

「父親なりの防衛手段とでもいうか、反対されたからといってすぐ引き下がるような男では、娘を任せることなどできないだろう？」

「値踏みのためか……一理あるような……姑息なような」

部屋の隅で広目が呟く。土門には警視正の気持ちが理解できるようだった。

「長く警察官をやっていますと、幾つかのパターンが見えてきますね。何も考えていない人間ほど安請け合いするし、偉そうなことを平気で、しかも軽々しく口にするものです。私には警視正の気持ちがわかりますねえ。どんなに可愛《かわい》がっても、年頃になると娘は父親を煙たがりますし、恋人でもできようものなら、父親のことなんか忘れてしまうわけですからね。小さいころは、パパのお嫁さんになる〜なんて言っていたのに、淋しいもんです。恋愛相談なんか一切してきませんからね。恋の相談は先《ま》ず友人、次が母親、父親に話が来るのはお金の問題が出てからですよ」

「珍しく熱がこもっているわね」

と、神鈴が言うので笑ってしまった。

「母親は感情面のアドバイスができるが、我々はどうしても社会面でのアドバイスをしたがるからな」

「それも必要なのですがねえ」

土門と警視正は交互に言った。

「父親なんて、妻を通して娘の事情を知るばかりですよ。直接話せばケンカになるし、『パパは黙ってて』なんて面と向かって言われてみなさい。そりゃ凹《へこ》むものですよ」

土門班長にも娘さんがいるようだ。

「だから、せめて相手の根性と覚悟ぐらいは見極めないと。諸手を挙げて賛成しないのは、我々にできる数少ない餞《はなむけ》なのだよ」

「なんか泣けるわ」

と神鈴は言って、肌身離さず携帯しているポシェットの蓋をパチンと鳴らした。

「奥さんは警視正に、そろそろ家族のそばにいて、娘さんやお孫さんを見守ってほしいと言ってましたよ――」

怜は訊ねてみようと思った。警視正は自身の髑髏に縛られている。髑髏と一緒なら現場へも臨場できるのだから、怜がリュックに髑髏を入れて家族の許を訪ねれば、向こうに姿は見えないとしても、家族に会えるはずなのだ。

「――お望みならば、ぼくが警視正を背負ってお孫さんに会いに行ってもいいです。ご家族に会いたいですよね?」

厚意で訊いたつもりが室内に微妙な空気と沈黙が降って、怜は戸惑った。

「……いや」

警視正は顔を上げ、一点を見つめて瞬きをした。

「それはできない」

「どうしてですか？」

深い意味もなく問うと、警視正は自分のデスクで指を組み、まともに怜の顔を見た。

「そうしたいのは私の業だ。死んだとはいえ、私は警視正だからね、それはできない」

意味がわからず、怜は土門や広目を見たが、二人は黙ったままだった。神鈴とだけは目が合って、彼女が肩をすくめたので、神鈴も自分と同じ気持ちなのだと理解した。

「安田くんはミカヅチに配属されて日が浅いからな。そもそもきみがここへ来たとき、私はすでに幽霊だったね？」

「はい。だからぼくを雇ってくれたんでしたよね」

「うむ」

警視正は立ち上がり、怜や土門らに背中を向けた。そこに鎮座する鉄の扉を見つめて、少し淋しげな声で言う。

「生前の私はきみたちのような異能者ではなかった。ミカヅチ班の仕事はおろか、世の理《ことわり》も、世界のことも、なにひとつ理解できない役人だった。理解できないというよりは、考えたことすらなかったし、考えようともしなかったのだよ」

少しだけ振り返って彼は続ける。

「土門くんとはことごとく意見が違ってね。まあ、ミカヅチ班など胡散臭《うさんくさ》いと思っていたから当然だ。バカにしていたと言ってもいい。安田くんが妻から聞いたとおりに、私はガチガチの堅物で、傲慢《ごうまん》なエリートだったのだよ」

怜は土門の表情を窺ってみたが、いつも通りにお地蔵さんのような顔をしている。

「ここへ来たのは前任者の推薦だがね、なぜ私をこんな部署へ推《お》したのか、理解できずに怨んだよ。陰謀による左遷だと思ったほどだ」

「警視正は異能じゃなかった……ほんとうに？」

「ほんとうだ」

警視正は白い歯を見せて笑った。

「ここでも家でも、私はさぞかし厭なヤツだったことだろう……だが、それは……今だから言ってしまうが、一杯一杯だったのだよ。まあ、生きている人間は少なからずそうだが、窮屈な肉体に押し込められて、メンタルや体調にお伺いを立てながら生きている。責任を持たされれば重圧を感じるし、そんな中でも食べて寝て出さねばならない。難儀なことだ」

「それは……まあ」

「ところが、だ。死んで肉体を失ってみれば……私は自身を解放できた。心にゆとりが生まれたし、きみたちが見ていたものを悟った」

「仕事は一杯一杯で、重圧に苦しんで、死んだら解放されたのに、警視正でいることを選んだんですか？　なぜですか」

自由になって家族の許へ帰らなかったのはなぜだろう。

「うむ。つまりそこだな。そこが、私が幽霊になった理由だよ」

警視正は清々しい顔で微笑んだ。

「ここへ着任して以来、私は謎《なぞ》だったのだ。土門くんは優秀な男だろ？　神鈴くんも広目くんもそれは同じだ。極意くんは言うに及ばず……それがなぜ、たかが扉の番をして、死体の処理に甘んじるのか、まったく理解ができずにいたのだ。そもそもこんなものは」

と、警視正は件《くだん》の扉を振り返った。

巨大で禍々しく、毎日変わる赤い模様が浮き出す扉だ。

「生前の私の目には鉄の塊にしか見えなかった。浮かんでいる赤い模様も、普通の人間の目には見えないからね。警視庁をあげてこれを護れと言われても、開けて中を見ることもできないのなら、そんな重責など担えはしない。そもそもそれが重責か？　誰も来ない地下三階の、誰も知らない部屋にある、ただの扉を見張ることが？」

警視正はニヤリと笑った。

「触れてはならない。近寄ってもならない。そりゃなんだ？　という感じだな。バカじゃないのか？　いい大人が、しかも警察官が、まともに何を信じているのか。高尚な冗談を言っているのじゃないかと思った」

「結局、その扉を何だと思ったんですか？」

怜が訊くと彼は答えた。

「戦中の遺跡と思ったのだよ。戦争犯罪の生々しい証拠がここに残っているのではないかとね。細菌兵器の研究施設、もしくは大量虐殺の痕跡とかね。国家が必死に隠さなければならない何かが、この中にあると考えた」

なるほど。確かにそれはありそうだ。それで、結局、中には何があるというのか。

警視正は続ける。

「見えない、感じないというのは幸せなことだ。もっとも、それだから人は普通に生活を営んでいける……私もただの人だった。だから一も二もなく扉の力を信じている土門班長を嘲《あざけ》っていた。妙な考えに毒された危険な輩と思ったなあ。こういう人間がいるからオカルトなんてものが流行るのだ。しかもその人物が警視庁の警部とは……」

「ただ、警視正は頭ごなしに否定しようとはしませんでしたよ？」

土門が怜を見て言った。

「そこはご立派でしたねえ。なんとか理解しようとされて逐一《ちくいち》報告を求められたのですが、如何《いかん》せん、言葉が通じませんでした」

「見えないし感じないから仕方がないわ。説明しようがないんだし、異世界があると言っても通じないんだし……」

小さな声で神鈴が言った。

広目は無言で目を閉じて、腕組みをして聞いている。

「まあ、そうだ。彼らは懸命に説明しようとしたし、私も理解しようと努力はしたが、端《はな》から眉唾《まゆつば》ものと思っているわけだから、何を説明されても頭に入ってこなかった。それなのに、部下同士は話が通じているわけだ。どこそこの忌《い》み地でバケモノが暴《あば》れたとかね、肝試しをしていた若者たちの体に異変が起きたとか」

「どんな異変ですか？」

「体に地霊が入ったの」

神鈴が怜に説明をする。

「禁足地で肝試しキャンプして、地面で火を焚《た》いた上に、沢の水を飲んだのよ」

「沢の水には山蛭《やまひる》の卵が入っています。言うなれば禁足地一帯が異界ですからねえ。水も土も風も火も、普通に見えて普通ではない。人間界とは別の理で成り立っている。山蛭も同様で、普通の山ならただの蛭の卵ですが……そしてただの蛭の卵でも体内で孵《かえ》れば妊婦のようにお腹が大きくなりますが、それは日数をかけてのことです。ところが禁足地の蛭は地霊だったので、すぐさま孵って、翌日には皮膚の下を這い回る状態になったのですよ。本人たちは驚いたでしょう。目玉に虫が見えるのですから。放っておけば耳や鼻や口から飛び出して、異界が広がってしまいます」

それと同じ現象を、怜は少し前に目にしていた。吹きだまりと呼ばれる場所から有象無象が移動して、その先にある場所が吹きだまりになろうとしたのだ。

「それで、どうしたんですか？」

警視正ではなく、その現象を止めた土門に訊いた。

「別に、どうということもありません。こちらには禁足地ファイルに設置している監視カメラがありますからね、無礼者らの行動は把握していたのです。ですから、救急隊員として家に赴いて体内の地霊を回収し、禁足地に戻したというわけです」

「土門くんらの仕事ぶりを見せてもらったがね、まあ、あのときは正直驚いて言葉を失ったよ。人の体の、穴という穴から、クーラーボックス一杯になるほど蛭が這い出てきたからね」

想像して怜は顔を歪めた。

「……その人たちはどうなったんですか？」

「ミイラのようになって死んだのさ」

薄暗がりから広目が言った。

「遺体を見ても本人と認識できなかったことだろう。いつも不思議に思うのは、それほどに凄まじい状態で家族が死ぬと、人はそのことを隠したくなる。悪い噂が立つのを恐れて密《ひそ》かに焼いて、死因を隠す。もっとも、死因など理解できるはずもない。そうして死んだ者の多くが、急な病死や事故で処理される」

「人の心理や行動は、さほど大きく外れないのです」

「衝撃を隠したくなるからよ。正常性バイアスがかかったりするの。そしてまたひとつ怪談が生まれる。禁足地で肝試しをした若者がミイラになって消えたとか……面白おかしく噂にするのは遺族より遠い立場の人たちよ。人の不幸は蜜《みつ》の味って、聞いたことない？」

「身内の不幸は秘したくなるが、他人の不幸は吹聴《ふいちょう》したくなるということだな。人は浅ましい生きものだ」

感情のこもらない声で広目は言って、

「土地や歴史へのリスペクトもなく面白半分で忌み地を侵す者は、己の命を差し出す覚悟を持つことだ。忌み地や禁足地はテーマパークではない」

と、話をまとめた。警視正は苦笑している。

「まあ、なんといっても、一般人は『見えない』からな、普通の認識はその程度だよ。だがなあ……真実とは無関係に、蚊帳《かや》の外に置かれるというのは不快なものだ。しかも私はこの班のボスだ。メンバーが私を陰で嗤っているような気がしてな。アウェイ感が半端なかった。自らがこうなってしまえば、それは一方向的な見方だったわけだがね」

土門はポーカーフェイスのままでいる。

「魂は瞬時に千里を移動する。そういう話があるらしいがね、本当だった」

警視正は人差し指を立てて左右に振った。

ぼくに説明するふりで、みんなに話しているんだと怜は思った。

たぶんみんな知らずに来たんだ。ここに配属されたとき、警視正がどう感じたか。そして幽霊になった今、彼がどう感じているのかを。警視正は異能者に対する生前の非礼を詫《わ》びている。今まではそんなチャンスがなかったからだ。

「死ぬ瞬間、私の魂は千里を駆けて、理解した。その瞬間に思ったのは、家族ではなくミカヅチ班のことだった。私はそういう人間だ」

警視正は土門のほうへ首を回した。彼が死んだとき、土門が一緒だったことを怜は知っている。土門は軽いお辞儀を返してから、口元に歯を見せた。

「まあねえ……色々と大変でしたよ。警視正の死の処理は」

「まったくだ。赴任して最初に出した指令が自分の死因の隠蔽だとは、さすがの私も驚いたよ」

そして「わはは」と豪快に笑った。怜は警視正が死ぬ直前、彼に憑いている死霊に気付いた。凶事を忠告したけれど、それ以上のことはしなかった。二人を残してその場を去って、警視正が死ぬところは見ていない。

「隠蔽？　……だって、じゃあ、死因は事故じゃなかったってことですか？　折原警視正の首は、どうして落ちたんですか？」

「落ちたのではない。落とされたのだ」

「誰に？　え、平将門《たいらのまさかど》ですか？　そんなことってありますか？」

死霊は生首の形に見えたが、そういうものが実体を持って人の首を斬るなんて聞いたことがない。大抵は実在する何かを用いて凶行をする。だから怜は、忠告を聞かずに工事現場へ立ち入った警視正が、重機とか、足場とか、そういう何かに挟まれて首を落としたと思っていたのだ。

「『誰』でなく『何』と言うべきだがね、説明するのは難しい」

「警視正がお亡くなりになったのは、ほんの一瞬の出来事で、私もそれを見ていないのですよ。その間わずか一分たらずのことだったでしょうか……気がついたときにはもう、首が地面にあったのですから。首が落ちてすぐに、警視正は班を招集させました。結果的には現場に吊ってあったワイヤーで切れたように偽装しまして……なかなかによろしいアイデアでしたけど、いかんせん首塚で警察官の首が飛んだというのではシャレになりません。工事業者の間では祟《たた》り再燃説も出たようですが、そちらはまあ、放ってあります」

「オカルト騒ぎにならなかったんですか？」

「なったわよ。でも、私が『安静の虫』を飛ばして鎮めたの。急な出来事だったし、第一発見者も警察関係者だから、報告を遅らせることもできないでしょう？　全部を隠蔽するのは不可能だったの」

「別の場所で死んだようにはしなかったんですね」

「現場を動かすことは危険だ。万が一にもわずかな痕跡が残ってしまう可能性を排除できない。今の警察を舐めてはいかん」

広目も言った。

「工事業者は敏感だからな、首塚の祟りと騒ぐ輩が出るのは仕方ない。下手に事実を隠すより、すでに一人の犠牲者が出て、祟りは成就したと思わせるほうが得策だと、警視正が判断したのだ。ザワつく気持ちを収めるために虫を使えと指示をしたのも警視正だよ……瞬時の見事な采配《さいはい》に、俺たちも舌を巻いたというわけだ」

怜は広目に訊いてみた。

「そのとき何が起きたのか、警視正の眼球を借りて見なかったんですか？」

広目天は死者の眼球を借りることで死の直前に眼《め》に焼き付いたものを見ることができる。ここに配属されて怜に最初に与えられた任務が、赤いテープを巻いたカレースプーンで死者の目玉を回収してくることだった。あのときの気持ち悪さと手応《てごた》えを、怜は生涯忘れることがないだろう。けれども警視正の頭部から眼球を抉《えぐ》る行為を想像すると、

「すみません」

と、詫びたくなった。

「かまわんよ。だが、あの一瞬に私の目が何かを見たとは思えない。もしも広目くんに目玉を貸しても、工事現場の暗さ以外は見えなかったはずだ。私の首を落とした何かは、安田くんが知っているモノとはおそらく違う。あれは……そうだな……」

真顔になって考えてから、警視正はこう言った。

「なんだろうな？」

「異能だからといって、なんでもわかるわけではないですからねえ」

土門が話をまとめに入った。

「そんなわけで私は今ここにいる。警視正も頷いている。家族より職務を選んだ事実は変えられない。家をないがしろにしたつもりはないが、瞬間は瞬間だ。あの瞬間、私の気持ちはミカヅチにあった。そして班の仕事を理解した。瞬間に選べる事柄は多くない。もしも私が情にほだされ、ここを離れて家族の許へ行ったとしよう。それは摂理をねじ曲げる行為だ。人ごときが強引に摂理を変えれば、どうなるね？」

考えてすぐに出るような答えじゃないと思った。それでも怜は考えた。

無理を通して家族に会えば、未練が生まれる？　するとどうなる？　……いや、いや、そんな単純な話ではなくて、強引に曲げれば壊れてしまう何かがあると、警視正はそういうことを言いたいのだろうか。わからない。

「わかったかね？」

と、警視正は頷いた。そして、怜が『わかりません』と答える前に先を続けた。

「無理を通せば道理が引っ込む……誰かが堂々と間違いを犯せば、他者も間違いへと傾いていく。死んだ私が直接的に家族を守るのは不可能だ。そこは諦めなければならないことだよ。私はもはや家族とは別の世界にいるのだからね。だからこそ、生きているうちに、やるべきことをやるべきだった」

折原警視正は笑んでいる。笑んではいるが淋しそうだ。

「幽霊の私がやるべきことは、妻や娘や孫が生きる世界を守ることだよ。そうやって間接的に家族を守る、それならできる」

「そういう気持ちの決着も、魂になった瞬間につけたんですか？」

怜は訊いてみたけれど、警視正は答えなかった。彼は扉に目をやって、赤い模様を見つめている。扉の模様は変化を止めない。どんな理由で変化するかもわからない。

怜は質問の仕方を変えた。

「扉の奥にあるのは何ですか？　ぼくもいつか教えてもらえるんでしょうか？」

薄暗がりで、「ふっ」と広目が静かに笑う。警視正と土門は顔を見合わせ、

「そうですねえ……」

と、土門が言った。

「広目くんの言葉を借りれば『最終兵器《リーサルウェポン》』。土御門《つちみかど》家では単に『扉』と呼んでいましたねえ。窓でも戸でもなく扉なのは、開けばモノが出入りするからです」

そのモノが何かを知りたいのだ。

「松平《まつだいら》家では『道』と呼ぶのよ」

怜は仲間たちの顔を順繰りに見た。モノとは何かと、直接問うのはマズい気がした。

「扉や道はどこにつながっているんですか?」

「それがわからないのです」

と、土門が答え、

「まだ開けたことがないからな」

と、広目は笑い、

「開け方を知っている人もいないのよ」

と、神鈴が続けた。

「あれが開いたら最後だと、前に広目さんは言ってましたね。でも、じゃあ、何があるのかわからないけど護っているってことですか」

「そうですが、もう少し正確に言いますと、そのときが来るまで徒《いたずら》に開けることがないように護っているというわけです。たかが扉でもこれが持つ力は甚大ですから、触れれば影響を受けますし、その影響がどういうものか予測もできない。こういうものに関しては様々に表現を変えて文献が残されていますがね、ズバリ正体を書いているものはありません」

「あるいは赤バッジなら……」

と、広目は言った。

「極意さんならわかるんですか？」

「班で人ならぬ者は警視正のみ。だが、警視正は人から発現した幽霊だからな。その点、赤バッジは……」

「なんですか？　みんな、あの人のことを『悪魔憑き』と呼んでいますよね」

「ほかに呼びようがないからよ」

その赤バッジはデスクにいない。彼は甘いテノールだが、最近は電話で声も聞いていない。

「そういえば、ここ数日、極意さんを見ていない気がします」

「彼はアメリカに行っています」

と、土門が答えた。

「え、そうなんですか？　すご……捜査一課の刑事って、海外へも捜査に行くんですか」

「そうではない」

静かにひと言呟くと、長い髪を掻き上げて、広目は点字用タイプライターに紙をセットした。

「じゃ、なんですか、旅行？」

振り返って訊ねると、広目は面倒臭げに眉をひそめた。そして怜の質問には、

「あれこれと他人を詮索《せんさく》するものではない」

と、答えた。あるいは赤バッジなら、とか言って、そっちが話を振ったんじゃないか。広目との会話は大抵こんな調子で終わる。

職務の特異性から、ミカヅチのメンバーは互いに命を縛り合うのだが、霊能者の怜は幽霊の警視正とペアになり、陰陽師《おんみょうじ》の土門は虫使いの神鈴とペアになり、特異な命運を背負う広目は悪魔憑きの赤バッジとペアを組んでいる。ペアとはつまり、機密事項を漏らした場合に殺し合う相手同士ということだ。相手の弱点と殺害方法を知り、それを実行できる力を持っているからペアになるのだ。

自分と警視正の関係は父子のそれに似ていると、怜は常々思っている。けれど広目と赤バッジの関係は奇妙でスリリングでセクシーだ。自分が警視正の髑髏を破壊しなければならなくなったときが、もしも、万が一、訪れたとしたら、ぼくは泣きながらそれをするだろう。広目と赤バッジが互いを殺し合うときが来たならば、彼らはどんなふうに互いの息の根を止めるのだろうか。土門と神鈴の場合には、直接ではなく、蟲《むし》や式神同士が戦うの

だろうとは思う。それとも、そんな生やさしい、上辺だけのことではないのだろうか。

班に来て日の浅い怜が知らないことは、ずいぶんたくさんあるようだ。

「さあ、では、朝茶を飲んで、今日も一日を始めましょうか」

土門が給湯室へ立っていったので、怜は慌てて掃除を始めた。デスクを拭いて、ゴミを捨て、気持ちよく始業できるように準備するのは下っ端である自分の仕事だ。

土門がお茶を淹《い》れている間に、ゴミ箱のゴミを片付けた。続いてデスクを拭いていくと、物がなくて拭きやすい赤バッジのデスクで、透明保護シートの下に一枚だけ置かれている女性の写真に目が留まった。彼のデスクにあるのはこれだけなので、毎朝自然に目が留まる。その女性は十代後半。色白で、清楚《せいそ》で、笑顔がステキだ。

ミカヅチ班に来たばかりのころ、写真を見て赤バッジと彼女の関係を詮索していると、『(写真に)触れると赤バッジに殺されるぞ』と広目に忠告された。それで怜は察しがついた。誰であろうが、この人は極意さんの大切な人なのだと。

彼は何をしにアメリカへ行っていて、いつ頃帰ってくるのかな。

このきれいな人は、奥さんだろうか、彼女かな。怜はそれが気になっている。

其の二　三ツ頭《がしら》の犬

警視庁本部とミカヅチ班の連絡係をしている赤バッジが留守だと、比較的平穏に一日の業務が終わる。むさ苦しくなってきた髪を切ろうか、それとも夏用の遮光カーテンを買いに行こうかと考えながら、怜はオフィスを出た。

件の扉を監視するため、週に一日程度は夜勤があるが、それ以外は日勤なので、通常業務が終わるのは午後六時前後だ。地下三階にいると外の様子がわからないから、建物を出ると想定外の明るさに後ろめたさを感じたりする。夏至の近くは余計にそうだ。

午後六時十二分、桜田門周辺は初夏の明るい夕暮れだった。

怜は『桜田門外の変』で襲撃事件が起きたといわれる場所へ向かった。理由があったわけではない。夕暮れがあまりに気持ちいいから、少し歩いてみたかったのだ。

桜田門外の変が起きたのは百六十年以上昔の安政《あんせい》七年（一八六〇年）三月三日。手引き役の薩摩《さつま》藩士一名と水戸《みと》藩の脱藩者十七名が彦根《ひこね》藩の行列を襲撃して大老井伊直弼《いいなおすけ》を暗殺したその日は、季節外れの雪だったという。万全の防寒対策をしていた彦根藩士らは刀を抜く間もなく凶刃に散り、新雪は血で赤く染まった。

その場所を歩いても、近代的な景観にもはや往時を偲《しの》ぶ術《すべ》すらないが、事件を示す史跡旧跡案内板や標柱だけは残されている。整備された歩道を踏みながら、同じ場所、同じ土地に重なっている人の営みを考える。この場所にも間違いなく地霊はあるのだ。

十八名の襲撃者に対して、大老を守る彦根藩士は六十名もいたという。それなのに暗殺が成立したのは季節外れの雪のせいか、奇襲だったからなのか。それともなにか目には見えない大きな力が、時代の節目を演出したのか。現在は皇居となった江戸城を眺めて怜は思う。力とは何だろう。水戸藩士らの熱い想いか。それとも天の采配か。誰かが生きざまを変えるとき、それは細い糸のように、どこかの誰かにつながっていくのだろうか。

お濠《ほり》の水を眺めて深呼吸した。そして、初めて会った警視正の家族を思い出していた。

生前の警視正がミカヅチ班に懐疑的だったとは驚いた。

お茶目だけれど頼りがいのある彼が温厚な土門班長と対立していたというのも驚いた。怪異を頭から否定していた人物が誰かの推薦でミカヅチ班に来たというのも初耳だった。かつては班の空気があまりよくなかったということも。

わけもなく両腕を頭上にかざして、怜は大きく背伸びした。

今日は一日、ビックリすることばっかりだったな。平将門の首塚で不幸な事故が起きなかったら、自分がミカヅチに呼ばれることもなかったわけで、もしもあの晩、警視正と土門班長に会わなかったら……そしてミカヅチ班に拾われなかったら、ぼくは今頃、どうなっていたのだろうか。

――何かが変われば遅かれ早かれ世界全体が影響を受けます――

――何かが変われば先も変わる――

いつかの土門といつかの広目が頭の中で交互に言った。

あの晩ぼくが首塚で警視正たちに声をかけたから、ぼくの未来が少し変わった、そういうことかな。警視正は死んだけど、でも肉体からは解放された、そういうことかな。

お濠の水は不透明な鶯色《うぐいすいろ》で、夕暮れの歩道に漂ってくるのは水の匂いと草いきれ、太陽に温められたアスファルトと埃《ほこり》の臭いだ。怜はぼんやり景色を見ながら、蒸《む》し暑さが和らいで日光の威力が減っていく時間を味わった。

こうしていると世界は平和だ。ずっと平和であればいい。

ぼんやりと、そんなことを考えていたら、突然、無数に針を植え込んだタオルかなにかで背中をベシン！　と叩かれた気がした。鋭い痛みを感じたが、それは物理的な刺激による痛みではなくて、本能が危険を察知して総毛立ったのだ。赤むけの皮膚に塩を擦り込まれたような痛みと危機感は、今までに感じたことのないものだった。

風だ。と、怜は自分に言った。奇妙な風だ、熱波に近い。灼《や》ける気配だ。

おおむね怪異が起きるときは空気が凍るものである。それなのに熱を感じるなんて。しかもただ熱いだけじゃなく、臓腑から焦《こ》げ始めるような不穏な熱だ。耳のあたりに息を吹きかけられた気がして、怜はおもむろに振り返り、見渡して、自分が出てきたばかりの警視庁本部庁舎の上空が赤く燃えているのに気がついた。一瞬は火事かと思ったが、そうではない。燃えているのは建物ではなく、別の何かだ。熱だけではなく臭いも感じた。嗅いだことのある酷い臭いで、思わず口と鼻を押さえた。

皇居周辺には多くの人が行き交っている。けれども怜以外に鼻をつまんだり足を止めたりする者はなく、ビルを見上げる者すらいない。驚いて戸惑っているのは怜一人だ。屋上は赤く、ボウボウと熱を発している。熱には酷い臭いが混じっている。

「あ……そうか」

怜は思わず頷いた。

これは今朝、歩道橋で嗅いだ臭いと同じだ。道に落ちていた血や肉片の臭いだ。ビルの屋上では赤い光が炎のように揺らめき立っているが、この角度からでは何が燃えているのかわからない。だからこそ怜は恐怖におびえた。燃えているように見えるのは炎ではなく、何かの気配かもしれない。悪意と恐怖、そして絶対的な力の気配だ。その力は冷酷で、一方向的で、容赦がない。ぼくはどこかで力に触れたことがある。

そう考えたとき、脳裏に一人の顔が浮かんだ。

ミカヅチ班の仲間たちが悪魔憑きと呼ぶ赤バッジ。彼が人ならぬものに変じたときに醸す気配がこれに似ている。屋上にいるのは極意さんだろうか。でも、彼はアメリカにいると班長が言っていた。それとも、悪魔憑きは彼以外にもいるのだろうか。

見つめていると赤い光は突然消えて、臭いはむしろ強くなり、次の瞬間、怜は屋上の縁に移動してきたケダモノを見た。巨大な獣は真っ黒で、長い体毛が雲霞《うんか》のように揺らめいている。もっとよく見ようと目を凝《こ》らしても、ゆらゆらとした姿は定かに見えない。大きさは象ほどもあり、両目がルビーのように光っていた。獣は熱波を吐きながら屋上を蹴《け》り、次の瞬間には、裁判所前の歩道橋に着地した。真っ黒な湯気のように揺らめきながら、下を通る車の流れを覗き込む。

ヤバいぞ！　怜は直感に背中を押されて、おもむろに駆け出した。

悪臭はますます強くなり、恐怖と嫌悪感が全身を刺した。それでも走っていくわけを、怜自身がわからずにいる。歩道橋を見上げながら近づいても、黒い獣は姿を消さない。臭いのはそいつの息だ。不穏な空気はあいつが醸し出していたものだ。そして熱波は、ヤツが発する瘴気の力だ。歩道橋の下を何台もの車が通っていくが、獣はそれをやり過ごしている。走りながら怜は気付いた。アレは何かを待っているんだ。今朝、歩道に落ちていた血や肉片がアレを呼び寄せたのかもしれない。怜の脇をトラックが通り、タクシーが通り、乗用車が通った。その後ろから黒塗りの高級車が数台続いて走り過ぎていく。

そのとき、獣は突然宙を舞い、歩道橋を飛び下りた。

「ウソだろ」

あれほど巨大だったのに、コソリとも音を立てずにどこかへ消えた。

直後、キキー！　とブレーキを鳴らして車列が乱れ、高級車の一台が路肩に寄って停車した。後部ドアが開いたと思ったら、黒いスーツの男が飛び降り、彼を蹴り飛ばすような勢いで高齢の男性もまろび出てきた。

「来るな！　うわあ、ああ！」

高齢男性は腕を振り回しながら叫んでいる。

反対側のドアからもスーツ姿の男が飛び出し、前後の車も次々に止まった。

「先生！」

ほかの車からも男たちが飛び出して、秘書ふうの女性が助手席を降りてくる。

「先生！　先生！　落ち着いてください」

「先生、いったいどうされました」

口々に叫びながら押さえようとしても、老人は両腕を振り回して暴れるばかりだ。

「バケモノめ！　こっちへ来るなぁ！」

老人は半狂乱でガードパイプに取り付くと、パイプを抱くように四《よ》つん這《ば》いになって歩道に上がった。その反動で無様に転び、這いながら立って逃げていく。

「先生！」

女性秘書が呼びかけて、すぐさま男たちに後を追わせた。

怜も彼らを追いかけた。何かしてあげようとか、老人を救おうと思ったわけじゃない。

ミカヅチ班で働くようになってから、闇雲《やみくも》に何にでも手を出すことが、必ずしもよい結果に繋《つな》がらないと学んだからだ。それでも夢中で追っていくわけは、単なる好奇心。それだけだ。知りたいことがたくさんあるのだ。それを知っていくならば、自分がこのように生まれついた理由もわかると思った。そして理由がわかったら、何をするために生まれてきたかもわかると思う。怜はそれを知りたいのだった。

老紳士が車を降りた場所まで行くと、彼が抱きかかえたガードパイプにベッタリと血や肉片がこびりついていた。それは彼が転んだ歩道にも落ちて、凄まじい腐臭を放っている。行く手はかつての彦根藩上屋敷《かみやしき》。現在は衆議院が管理する国会前庭・北庭だが、すでに開園時間を過ぎたため、門が閉まって逃げ込めない。老人は庭へ向かったが、入れないので銀杏並木のほうへと走る。それを追うのは黒服の男たちと秘書らしき女性だ。彼らの止める声も聞かずに逃げる老人は、あまりに醜い顔をしていた。振り返って大声を出すたびに血を吐いて、振り回す腕は爛《ただ》れて崩れ、骨が剝き出しになった場所もある。顔も頭も腐って溶けて、ゴッソリと抜け落ちた髪の毛が肩のあたりにくっついている。

あんな姿で車に乗ってこられたはずはない。歩道に滴《したた》る肉片も血も、皮膚が腐った彼の姿も、普通の人には見えてないんだ。たぶん臭いもわかっていない。

老人はしかし、自分の有様がわかっているようだった。それ以上体が崩れていかないように両腕で自分を抱いている。肉片が地面に落ちるたびに悲鳴を上げて、パニックを起こしているようだ。追いかけると臭いはますます酷くなる。いったいなにが起きているのか。怜には彼を救う術を思いつけないし、どうするべきかもわからない。銀杏並木のほうへ走っていく老人はもはや這うような有様なのに、秘書らは彼に近寄れない。闇雲に腕を振り回して怒鳴《どな》り散らしているからだ。

道行く人が立ち止まり、遠巻きにそれを見守っている。そうする間にも老人の体は崩れていく。怜は声を失った。追いかけて、つかまえて、そして、どうする？　ぼくにできることが何かあるのか。何の事態かもわかってないのに。

足を止めると、首筋に熱い吐息を感じた。

グルルル……頭上で猛獣が喉《のど》を鳴らす音がした。

むさ苦しく髪が伸びた怜の頭に、ツツーッと粘液が垂れてくる。それは髪に染みこんで頭皮を濡らし、額に落ちて頬《ほお》を流れた。手のひらで拭うと生温かくてヌルッとした。恐怖のあまり体は動かず、目だけ動かして手を見ると、血でベットリと濡れていた。獣の唾液《だえき》と思ったものは、固まりかけて糸を引く、半分腐った血液だった。獣は大きな口を開け、自分の背後に立っている。その体があまりに巨大で、ぼくはひと呑みにされるんだ。

グルルル……止まるな、逃げろ、死んでもいいのか。今はじっと動けないふりをして、襲われる一瞬に身を翻《ひるがえ》せ。そうして逃げろ。頭の中で声がする。自分が自分に言い聞かせる声だ。両脚に力を入れて感覚を研ぎ澄ます。頭からかぶりつかれる瞬間に右へ倒れる。左でもいい。ジリジリと腰を屈めて、次の瞬間振り向くと、巨大な黒い獣の姿がようやく見えた。その形状は犬に似て、獅子《しし》そっくりな黒犬の頭の両側に、鷲《わし》と狒々《ひひ》の頭がついていた。長い体毛は蝨《むし》の塊だ。炎のように揺らめいている。怜の巻き毛に落とした涎《よだれ》は犬の口から垂れたもの。三つの頭はそれぞれに、狙った獲物を睨んでいる。鷲は一心に遠くを見据え、狒々は黄色い牙《きば》を剝き出して、犬の頭はグルルと喉を鳴らしている。

あまりの恐怖で怜はストンと尻餅をついた。右に逃げようとか左とか、そういう考えはたちまち消えて、ただ体中の力が抜けたのだ。獣の息の凄まじい臭気で気絶しそうになったせいもある。三ツ頭の獣は怜に一瞥もくれずに地面を蹴ると、ひとっ飛びに老人の前方へ着地した。

「や、わ、うぎゃあーっ！」

老人は女性秘書の背中に隠れ、彼女を突き飛ばして逃げようとあがき、地面に転んだ。その背中を獣が踏みつける。後ろを見せた獣の尻にはサソリのような尻尾《しっぽ》があって、背中からコウモリのような翼が生えていた。硫黄の臭いを振りまきながら、三つの頭が好き放題に老人を嚙んで、引きちぎる。

「うっ」

と怜は目を閉じた。凄まじい惨劇に気圧《けお》されて、思わず顔を背けてしまう。数秒後に薄目を開けると、老人は鮮血を噴き出しながら飛び散る肉になっていた。食い散らされた部位が秘書の体に貼り付いている。彼女は地面に倒されたまま、口をパクパクさせていた。

なんてことだ……鷲は天を仰いで内臓を呑み、狒々は脳みそを啜っている。怜は歩道に尻餅をついたまま、霊力が見せる惨劇におびえた。体をバラバラにされてなお、老人は死ぬこともできずに喚《わめ》いているのだ。周囲を取り巻く人たちも右往左往するばかりで為す術がない。警察が来ても、救急車を呼んでも無駄だ。

間もなく老人は、骨にこびりついたわずかな肉と、歩道を染める鮮血を残して息絶えた。老いた肉体を貪っていた犬が顔を上げ、天空に向かって吠《ほ》えたとき、

「き、救急車！」

と、ようやく秘書の女性が叫んだ。

人々の動きが慌ただしくなり、対して獣は徐々に姿が薄くなり、やがて煙のように消え去った。立ち上がって目を凝らすと、歩道を汚していた血も肉片も骨も見えなくて、自分の胸を摑んで横たわる老紳士の姿があるだけだった。

「先生、先生」

と秘書がヒステリックに叫んでいる。男たちが彼を仰向けにして、

「ＡＥＤ！」

と大声を出した。それぞれ何かしなければと考えてはいるようだったが、実際に動けているのは数人で、それ以外の人は深刻そうな顔で事態を見守るばかりである。

何をしたって無駄だ。その老人は、命どころか魂を獲《と》られたんだから。

怜はおぞましさに震え上がった。怪物が、ただの人間から魂を獲るなんて……ぼくはいったいなにを見たんだ……あの人はこの世にも彼岸にも居場所をなくした。すべて獣に持ち去られ、どこか知らない場所へ連れていかれた。あのバケモノは何だろう。どこから来て、なぜ、老人を狙ったんだろう。ていうか、あんなものがこっちの世界に来られるなんて……考えれば考えるほど、衝撃に目眩《めまい》がするようだった。今朝見た血肉は老人のものだったのか。彼の体が腐っていたから、臭いがアレをおびき寄せてしまったのだろうか。目の前の現実を見ながらも怜の心は異界とこちらの端境を行ったり来たりして、脳裏には衝撃の光景のほうが、よほど色濃く貼り付いていた。

　黒い高級車にはＡＥＤが積まれていたようだ。

「離れて」

　と声がして、バクン！　と老人の体が跳ねる。

「離れて」

　と、また声がして、老人の体に電流が流れる。

　当然ながら反応はない。老人を呼んだり、揺すったり、心なく写真に撮ったりしている人たちを尻目に、怜はジリジリと後ろへ下がった。路面の血肉はすでにないけど、臭いは微かに残っている。血と、内臓と、硫黄の臭い……赤バッジが悪魔に体を貸すときに、発する臭いとおんなじだ。ズボンの尻についた埃を払い、怜は警視庁本部へ踵を返した。まるで背中から獣に追われるように横断歩道を突っ切って、建物へ向かって走っていく。ロビーに着くと、警備員らが外へ出てきて様子を窺っていた。野次馬の数もどんどん増えている。そんなことも意に介さずに、怜は建物に飛び込んだ。

あの老人は誰だったのか。高級車や取り巻きの数からして議員さんだったのかもしれないけれど、怜に見えたのは肉が腐って垂れ下がっている顔だけだから、本当の姿はわからない。前に警視正は一般人を『見えていない』と称したけれど、異能者はその能力ゆえに、一般人に見えているものが『見えなくなる』ことがある。異世界の目を以《もっ》てこちらの世界を見るからだ。

入館証を機器にかざしてゲートを通り、早足で地下三階へ通じる荷物用エレベーターへと向かう。ついに、遠くから救急車のサイレンが聞こえてきた。何をしたって無駄なのに、サイレンは次第に大きくなっていく。

蛇腹扉を手動で開けて、壁のないエレベーターに乗ったとき、老人の死にざまを思い返して体が震えた。手動で閉めた蛇腹扉の向こうでは、通路を行き来する職員たちがサイレンの音に耳を傾けている。

「なんだ？」

「何があったんだ？」

そういう声を聞きながら、怜は地下三階のボタンを押した。

箱が動き出したとき、懸命に犬の正体を考えた。黒くて巨大な犬の伝承は数多《あまた》あり、怜も知識は持っている。有名なのはアーサー・コナン・ドイルがシャーロック・ホームズシリーズの中で描いた『バスカヴィル家の犬』のモデルで、死者を守ったり、死期の近い者を迎えに来るという地獄の犬だ。

新しく墓地を造るとき、最初に埋葬された者はあの世へ行けずに墓の番人になるという言い伝えがイギリスにはあって、造成されたばかりの墓地には人の代わりに黒犬を埋める。だから夜の墓場には黒犬がいて、墓を荒らす者たちを襲うのだ。

また別に、ギリシャ神話にケルベロスという犬が出てくる。冥界《めいかい》の王ハデスが飼っている番犬だ。文献によって三から五十の頭を持ち、犬の姿をしているけれど、犬ではなくて『底なし穴の霊』が正体だ。欧米の伝承ではヘルハウンド、ブラックドッグなど、呼び方は様々だけれど、犬の姿を借りた悪霊は概《おおむ》ね巨大で黒く、目が赤い。夜の三叉路《さんさろ》や辻《つじ》に現れて、その姿を見た者は死ぬという。

立っているのが辛くなり、怜は箱の中央にしゃがんだ。下がるにつれて暗さが増すと、闇から獣が飛び出してくるような恐怖を覚えた。怜はエンパス系霊能力者で、見たものに強く感応してしまう。今は老人の恐怖や苦しみを慮《おもんぱか》って、パニック寸前になっていた。

ガチャンと揺れて箱が止まると、すがりつくようにして蛇腹扉を開けた。

這うように廊下を進む間も、さっきの獣が追ってくるのではないかと何度も後ろを振り向いて、廊下の長さを倍ほどに感じ、ようやくミカヅチ班のオフィスに着いた。IDを機器にかざすと震える指でパスコードを打ち込んで、やっとドアが開いたと思ったら、室内が真っ暗でゾッとした。足元灯の青白い光が広い室内をぼんやり照らして、件の扉が放出するパワーが揺らぎ立っているのが見えた。

「はっ」

と、息を吸い込んで、怜はその場にくずおれた。

「なんだ。どうした？」

暗闇から聞こえた声は広目のものだ。盲目の彼は明かりを必要としないため、当番勤務の夜は照明を点《つ》けない。ミカヅチ班の闇は、つまり、そのように作られたものだった。

「安田くん。真っ青じゃないか、どうしたね」

警視正の声で明かりが点くと、広目は照明スイッチの脇に、警視正は……怜の目と鼻の先にしゃがんでいた。

「いま……いま……そこで……」

と、怜はデタラメな方向を指した。国会議事堂がどちらにあって、銀杏並木がどこなのか、この部屋に入ると方向がつかめない。

「国会議員みたいな人が、犬に喰われて死ぬのを見ました」

警視正と広目は顔を見合わせた。

「国会議員みたいな人？」

と、広目が訊いた。

「秘書やSPがいたので、たぶんそうかと」

「安田くんは我が国の議員の顔を知らんのか？　……まあ、衆参合わせて七百人以上もいるからなあ、全員の顔を覚えていなくとも無理はないのか……というか、震えているな？　大丈夫かね」

「全身が腐っていたので、どういう顔かわからなくて」

床にしゃがんだままで言う。広目は眉間に縦皺を刻んで首を傾げた。

「きみは、まさか、おびえているのか？　ビリビリした恐怖を感じるぞ」

「土門くんがいればお茶を淹れてもらうところだが、生憎《あいにく》、今日は帰ってしまった」

「いえ、大丈夫……もう大丈夫です。二人に会ったら落ち着いてきました」

怜は立ち上がったが、手近な椅子を引き寄せて、すぐにまた座ってしまった。人が獣に襲われて死んでいくのを間近で見たのだ。しかも怪異に遭遇するという心の準備もなしに、こんなに平和な夕暮れに、それは突然起きたのだ。自分の手足を喰われたような気がするし、頭に垂れてきた犬の涎が臭う気がした。腐臭や硫黄臭が鼻腔《びこう》に張り付き、自分自身が臭くなってしまったようで、思わず腕を嗅いでみる。

「悪魔を見たのか……そうなのだな？」

と、広目が訊いた。その言葉にはゾッとして、怜はザワリと鳥肌が立った。

「悪魔……？　なんで？」

「微かだが、新入りから硫黄の臭いがする。赤バッジと同じ臭いだ」

広目が眉をひそめて告げた。

日常と異界は薄い壁一枚で隔てられているだけだということを、怜はよく知っている。けれど、異形を見たり、臭いを嗅いだことがあっても、則《のり》を越えない相手は怖くない。恐ろしいのは理解できないことである。さっきの犬はそうだった。突然現れ、凶行をして、突然消えた。怪異が起きる前触れは道路に落ちていた血や肉片だったが、あれは老人が落としたもので、犬が老人を腐らせたわけではないだろう。

パーに広げた手を挙げて、それを前後に振りながら、怜は自分に向かって言った。

「いま、落ち着きます。最初からちゃんと話します……ちょっと待って……」

椅子にかけたまま深呼吸する。リュックが椅子の背もたれに当たって深く腰掛けられず、尻を上げて、椅子を回して、背もたれを抱いて座り直した。広目はまだ照明スイッチの脇に立っている。細長い彼の姿は大理石で作ったマリア像みたいだ。

「実は今朝、ここへ来るとき、腐った臭いを嗅いだんです。見たら歩道に点々と血や肉片が落ちていました。ほかの人には見えないみたいだったから、不思議に思って跡を追いかけ、銀杏並木まで行ったんですが、出勤時間が迫っていたので戻ってきたら、玄関前で警視正の奥さんと娘さんに会って……そのことは忘れてしまいました」

「ふむ。それで？」

と、警視正が先を促《うなが》す。彼も自分のデスクに戻らずに、怜のそばに立っている。

「それが今度はいまさっきです。お濠端を歩いていたら、やっぱり同じ臭いと……あと、奇妙な熱を感じたんです。おかしいなと思ったのは、ふつう怪異の場合は一気に気温が下がるのに、そうではなくて熱かったから」

警視正は広目のほうへ視線を向けた。

広目は目を閉じたまま、やはり壁際に立っている。

「見たらこの建物の屋上で、雲霞みたいな黒雲が燃えていたんです。最初はなんだかわからなかったけど、見ているうちにそれが飛び下りてきて……黒くて巨大な犬でした。裁判所前の歩道橋に下り立って、下を行く車を眺めていました。何かが来るのを待っている感じで、そこへ高級車が何台か続いてやって来て、そうしたら……ふっと犬が消えたんです。と、思ったら車が急停車して、中から人が」

「ふむ」

警視正は頷いた。

「安田くんだけに見えたのか」

「いえ。たぶん襲われた人……本人にも見えているようでした。だから車を止めさせて、外へ逃げたんだと思う。あんなモノを見たら逃げますよ。だって、コウモリの翼にサソリの尻尾……頭は三つありました。真ん中が犬でライオンのような顔、両側に鷲と狒々の頭があって、体高は三メートルくらい、体長は五メートル……でも、尻尾や翼まで入れたら何メートルあるかわからない。体毛は蟲の塊で、目の色は……ぼくは目を見なかった」

「バカか！」

と、広目が吐き捨てた。

「きみはどこまで目出度《めでた》いんだ。目を見たら……そんなバケモノと目が合ったなら、死んでいたかもしれないのだぞ」

唇を歪めて怒っている。心配してくれているのだろうか。

「硫黄の臭いは確かにしました。広目さんは悪魔と言ったけど、もしかして、あれが地獄の犬ってやつですか？　それが老人を襲って喰い殺したんです……とても酷いやり方で」

二人は沈黙したままだ。思案げに唇を引き結んだまま、広目は自分のデスクに戻り、椅子を引いて腰掛けてから、溜息交じりにようやく言った。

「スマホでSNSを検索してみろ。銀杏並木で老人が死んだというのなら、そろそろ誰かが呟いているかもしれない」

たしかにそうだと怜は思い、検索してみた。ニュースのトレンドを探したが、議員という文字がないのでキーワードを変えた。『国会議事堂　救急車』で探し直すと複数の書き込みがヒットした。

「あっ……」

「どうしたね？」

と、警視正が訊く。怜はそちらに顔を向けた。

「死んだのは牛鬼太郎《うしきたろう》みたいです。前総理大臣の」

それなら怜も知っている。腐った顔しか見ていないから、わからなかっただけなのだ。

「牛鬼太郎……ふむ……なるほどな」

警視正は訳知り顔で頷いた。

「悪い噂の絶えない男だということは、関係者なら誰もが知っている。牛鬼議員の周辺では、自殺に追い込まれたり、変死した人間がどれほどいるかな？」

「あのジジイか――」

と、広目も言った。

「――犯罪研究所の講義に出たとき、廊下で俺に言い寄ってきやがった。たびたび紙面を騒がせながら、自分だけは治外法権とでも思っているようだった。そのときも浅ましい臭いがしていたが……ここのところは大人しかったな。それが急死か、宜《むべ》なるかな」

「悪い噂ならぼくも少しは知ってます。想像でものを言っていいのなら、黒い噂がごまんとあった人ですね？　私利私欲の権化というのが個人的な印象です」

「あのジジイには胡散臭い団体が後援会についていたな……当局が摘発しようとしていたはずだが」

「そうだが、握りつぶされたのだよ。先陣を切った警察幹部が事故死して、捜査本部は解散になった。当時の私は生身の人間だったから、悪意の力が働いたなどとは思いもせずに、政治の忖度《そんたく》は司法制度を超えるのだなと砂を嚙むような気持ちでいたが」

「つまりは、そういうことだったわけか――」

広目が頷く。

「そういうことって、どういうことですか」

「――ジジイは魔力を用いて対抗勢力を消していたのだ。新入りの見たのが地獄の犬なら、悪魔の使いで契約者の魂を回収に来たのさ。牛鬼太郎はミカヅチがマークしていた男だ。周囲で無駄に人が死にすぎると土門班長が疑っていた」

「私が着任する前の話だがね」

警視正も首をグラグラさせて頷いた。

「牛鬼太郎は呪術の心得があったんですか？　四辻に呪物を埋めて悪魔を呼び出すとか、そうやって今の地位を築いたと？」

「いや。ジジイが異能だったという話は聞いていない。だが、欲に目がくらんだ人間がいれば、悪魔は寄ってくるものだ」

「契約の仕方については様々な説があるようだがね。そういうことは土門くんが詳しい」

けれども土門は帰った後だ。ようやく心臓の鼓動が収まってきて、怜は、

「ふう」

と溜息を吐いた。暗がりで広目が苦笑する。

「きみがそれほど恐れるとはな……よほどのことがあったとみえる」

「次元の違う恐怖でしたよ。あれは……なんだろう……自分でもよくわからないんですけど……でも、あれは……」

椅子の背もたれを抱いて言葉を探した。

おぞましいとか残酷だとか、醜いとか汚いとか痛そうだとか、惨《むご》いとかではなかった気がする。霧散と集合を繰り返す体毛や、炎のごとき息、異形の三ツ頭とか、それが恐ろしかったわけでもなくて、あれは……ああ、そうか。

怜は顔を上げて、広目と警視正を交互に見つめた。

「犬のまわりが『こっち』じゃなかった。ぼくはそれが怖かったんです」

警視正が複雑な表情をした。

広目はむっと眉根を寄せて、真一文字に唇を結んだ。

「魔界か異界かわからないけど、犬は向こうの世界からこちらへ来たわけじゃなく、異世

界ごと干渉してきた感じだったんだ。だから、それがもの凄く怖かった。犬の周囲に終始地獄を感じたからだ。たぶんそういうことだと思います。決して見てはならないものを、隙間から見させられた感じというか、手すりのない高所に立たされて、でも、下に何があるのかわからない感じというか……説明が下手ですね。わかります？」

「わからないなりに想像はつく」

と、広目が呟き、

「吸い込まれずに済んでよかったということか」

と、警視正が言った。

いや、そんなもんじゃなくてもっと……でも、まったく伝わっていないみたいだ。

怜はさらに言葉を探したが、怖かったと重ねれば重ねるほど恐怖が伝わらない気がしてやめた。

「まあ、魔界が干渉してくるというのは初耳だな。私は犬を見ていないから正しく理解できているとも言えないが……世界を隔てる壁が壊れる恐怖ならば理解できるぞ。なんといっても、人間の警視正から霊の警視正へ異動した男だからね」

警視正は顔を上げ、しばし物憂げな表情をした。

「安田くんは今朝、私に訊いたな？『お孫さんに会いたいですよね？』と。会いたいならば頭蓋骨を運んでもいいと思ってくれたが、私はそれを断った」

「はい。警視正は、人ごときが強引に摂理を変えてはならないと仰いました。それをするとどうなるか、ぼくは上手に答えを出せなかったけど」

　警視正は頷き、言った。

「死んで私の何かが変わった。それは自由になったと感じる以上の何かでな、うまく説明できないが、生きていたときのままではあり得なかった。食べない、出さない、という程度のことでもないし、普通の人の目には見えなくなったというだけのことでもない。娘や妻のことは覚えているし、職務についても同様だ。考え方や善悪の基準が変わってしまったわけでもないが、それでもやっぱり私は死人だ。自分が死後を知った今では、生きていたときのように妻子を案じる気持ちはないし、生きていたときほどこの世に執着してもいないのだ。どう言えばいいか、自分でもよくわからないがね、生者の折原堅一郎《けんいちろう》は死に、死者の折原堅一郎が生まれたというのが近いだろうか。私はもはや、生きているときのように妻や娘とは関われない。それが孫ならなおさらだ。私は生に執着しない。そうした者がそばにいて、生者の幸福に繋がるだろうか……死者には死者なりの関わり方があるのだ……安田くん」

　と、警視正は怜を見つめた。

「きみが見てきた現象は、摂理をないがしろにした者に対する答えのひとつかもしれん。人間ごときが異界の力を使えば、こちらの世界の道理が引っ込む。きみが見たのが地獄の犬なら、牛鬼議員は則を破って、魔界の力をこちらの世界で利用したのだ。それを用いて不可能を可能にしてきたわけだ。だから代償を支払った」

「犬は報酬を受け取りに来たのさ」

それなら願いは叶《かな》ったのだろう。

「彼は前総理大臣でしたよね」

「悪い噂の絶えない総理だった。何度も世間を騒がせながら、なにひとつ説明もせず、解決もせず、うまく逃げおおせた男だよ」

「総理になるのが契約の最終形だったってことなんでしょうか」

「どうだろうか、そうかもしれんな」

「いや、案外そんなところだろう。対抗馬が急死したりしていたからな。総理の椅子を買いたくて悪魔と契約したのかも……二期も務め上げたら充分だろう――」

と、広目が笑う。

「――無事に総理を下りたら契約終了というわけだ」

「契約終了時に代金を支払うわけですね。あの犬は悪魔の使いで彼の魂を回収に来た。そうだとしたら、凄まじい回収のされ方でしたよ。あんな死に方をすると知っていたなら、絶対に契約なんかしないと思う。たとえ願いが叶っても、ぼくなら絶対に契約しません」

広目は「ふふん」と鼻で嗤った。

「きみは当事者でないからそんなことが言えるのだ。悪魔は狡猾《こうかつ》で頭がいい。人間のバカさ加減をよく知っている。契約の仕方も、履行のさせ方も、相手によって変えるのだ」

そう言ってから、広目はなぜか赤バッジのデスクに目を向けた。

薄暗がりでその目が光り、水晶の眼球に微かな色が差して見えた。もう一度「ふん」と鼻を鳴らして、広目は続ける。

「知っているか？　人間は自己顕示欲の塊だ。何も持たずに生まれてきたのに、より多くを持とうと考える。なかでも人が欲しがるものは、羨望《せんぼう》と、称賛だ。そして人は正義や温情や優しさや尊さを笠《かさ》に着て、自分自身を認めさせたがる」

広目は怜に目を向けた。

「警察官は尊いか？　国会議員は偉いか？　教師は利口で、聖職者は清廉か？」

そして「ふふん」と鼻で嗤った。

「そうではない。同じ人間だ。尊ばれるのは職業ではなく、個人の資質と犠牲に依《よ》るのさ。だから人は自分以外を救いたがる。教えたがり、助けたがり、導きたがるが……愚かなことだ。人は誰も何も持たずに生まれてくる。そして何も持たずに死んでいく。この世に生きるわずかな期間をどうするか、決めるのも進むのも努力するのも自分次第だ」

「何が言いたいんですか？」

と、怜は訊いた。

「己の人生は己のものということだ」

「誰かを助けたり教えたりすることは、余計だと言っているように聞こえます」

「そうではない。人と関わるのも己次第なら、関わらないのも己次第……人はそれを選べると言っているだけだ」

なんとなく、広目が見ているのは赤バッジのデスクに置かれた女性の写真のような気がした。あのきれいな人のことを広目さんは知っているんだ。

「私利私欲のために則を犯す輩は言語道断だが、誰かのために自分を犠牲にして則を犯す輩は称賛される。自己肯定感を与えるからな……そこに悪魔の仕掛けた罠がある」

広目は静かに目を閉じて、赤バッジのデスクを見るのを止めた。

「悪魔には同情も関心もない。契約締結後の回収は絶対だ。きっちり等価の支払いを受ける。議員の死に方が凄まじかったというのなら、望みの叶え方が凄まじかったということだ。愚かな人間ほど想像力が欠如しているからな。目先の欲に目がくらみ、どう支払うのか想像してもみなかったのだろう。愚かなり」

「普通の人は悪魔と契約とかしないから、初めてなら騙《だま》されても当然じゃないのかな」

「当然？　はっ」

と、広目は語気を強めた。

「当然だったらなんだ？　そもそも、私利私欲のために、軽々しく、知らぬものに手を出すという、姑息な、根性が、間違っているのだ。議員に同情することはない」

珍しくも吐き捨てて、少し考えてから低く笑った。

「ふふ……そうか……あちらとこちらの世界には似ているところも確かにあるな……悪魔は等価の支払いを受ける。だが人の命はひとつきり……望みを叶えるために多くの命を犠牲にしたなら、対価に命を何度支払う？　……つまり悪魔は議員をすぐには殺さず、議員が殺した相手の数だけ死の苦しみを与えたわけか。新入りはそれを見た……其奴《そいつ》はさぞかし苦しんで、ズタズタにされたことだろう」

広目の視線が再び赤バッジのデスクに向いた。彼はわずかに顔を上向け、

「おめでとう」

と、とても苦しそうな声で言った。

怜は見てきたばかりの惨状を思い出して、吐きそうになった。

「安田くん。悪魔は悪徳商人のようなものだよ。損をすることは決してない。稀《まれ》に悪魔の裏をかいたというような話を聞くが、あれも奴らのプロモーションだ。気を付けないといかん。人間がどれほど賢かったとしてもだな。知らないことはどうにもできまい。そこを奴らは欺いて、人間に『知っている』と思わせるのだ。だから人は餌食《えじき》にされる。罠はそこら中に張り巡らされているからな。自分を賢いと思っている傲慢な人間ほど、奴らの罠にかかりやすいというわけだ」

その悪魔に憑かれているとはどういうことか……怜はふと赤バッジを思った。彼のデスクに目をやると、それに気付いてか広目が言った。

「極意京介も傲慢だ」

溜息のような声だった。

「あの……極意さんも契約したとか、ないですよね？　前から気になっていたんですけど、極意さんの悪魔憑きって、生まれつきなんですか」

広目に訊ねたつもりだったけれど、彼はタイプライターを叩き始めて返事をしない。

警視正に目をやると、さっきまでそばに立っていたのに自分のデスクに戻っている。しかも、首が真後ろを向いていた。怜の質問は宙に浮き、

「前総理大臣が亡くなったとあれば、明日の永田町《ながたちょう》は大騒ぎだなあ」

警視正は件の扉に顔を向け、独り言のように呟いた。

地上がどんなに騒がしくても、喧騒は地下三階まで聞こえてこない。怜はしばらくその場にいたが、やがて席を立ってオフィスを出た。赤バッジの悪魔憑きに関しては、まだ教えてもらえないとわかったからだ。

警視庁のビルを出ると、救急車騒ぎは収まっていたけれど、今度は各局のテレビクルーが集まって、議員の亡くなった場所から中継をしていた。すでに日は落ち、銀杏並木の向こうに国会議事堂が悠然と浮かび上がっているのだった。

其の三　赤バッジの秘密

翌日は早朝からニュースがほぼ『前総理大臣牛鬼太郎急死』の一色で、出勤時にも銀杏並木に集まっているテレビクルーの姿を見かけた。警視庁や中央合同庁舎ビルに通勤する人たちも、多くは『大変なことになったふり』をして、それなりに空気がざわめいている。建物の隅から地下三階に下りてミカヅチ班に出勤すると、長い廊下の先に珍しくも人影を見た。

突き当たりのドアを開け、三人の婆さんたちがオフィスに入っていく。

「あれ？　三婆ズだ」

こんな時間に、なんだろう？

怜は小走りになって廊下を進んだ。

三人の名前はリウさん、千さん、小宮山さん。超弩級《ちょうどきゅう》の技術を持ったお掃除業者で、ミカヅチ班の外注先だ。滑り込む前にドアが閉まってしまったので、もどかしくも認証機器にIDカードをかざすところから始めて、さらにパスコードを打ち込んだ。

三婆ズがミカヅチ班に呼ばれるのは、緊急事態が起こったか、難しい処理が必要か、もしくは何か情報を得たいときだ。けれどもそういう場合は例外なく彼女たちの心を動かす袖《そで》の下が必要になる。対価はガッツリ請求するのに、お金だけでは動かないのが三婆ズだ。袖の下を用意するのは下っ端の仕事だが、今日は何も買ってきていない。

ドアが開くと、土門も神鈴もすでに出勤していた。

お掃除の制服を着た三婆ズも、モップやバケツを持って会議用テーブルの前にいる。

「おはようございます」

と、怜は言い、

「何かあったんですか？」

と訊いた。

「怜くん、おはよ。呑気《のんき》だなあ……何かあったんですか、じゃねえよ、えらいことだよ」

振り返って小宮山さんが言う。

「やだわ、ドラヤキ坊ちゃんは知らないの？　牛鬼太郎が死んだのよぅ。昨夜からニュースで大騒ぎよ」

ピンクの口紅を塗った唇を尖《とが》らせて、白髪のリウさんも振り返る。

「いやいや、安田くんはすでに知っている。なんといってもナマで現場を見てきたわけだからな」

「えっ、そうなのかい？　牛鬼議員が死ぬとこ見たの？　ありゃ～、そりゃそりゃ」

と、ドレッドヘアの千さんは、モップの柄《え》に手を置いて、ブルブルと首をすくめた。

「新入りは昨日、退社してすぐに戻ってきたのだ。血相を変えて――」

見えない広目がそんなことを言う。そして、

「……昨夜はきちんと眠れたか？」

と、怜に訊いた。一応は心配してくれていたようだ。彼は朝シャンしたらしく、髪にタオルを巻いている。

「ウソ、安田くん、ホントに現場を見ちゃったの？　あれって絶対に、ただの心臓発作じゃないわよね？」

いつもはドライでクールな神鈴も、深刻そうな顔でこちらを向いた。怜は神鈴に頷くと、広目に向かってこう言った。

「まったく眠れませんでした。惨劇も、ですが、鼻に臭いが染みついちゃって」

「わー、臭い？　そうなんだー……臭いは厭よね。でも、臭いは記憶で、虫じゃないから、私には取ってあげられないわ」

「ニオイはなぁ……もっと強い臭いを嗅ぐしかねえよ。おれのキムチとか……あとは柚《ゆず》とか、レモンとか」

「そうですねえ。でも……確かに小宮山さんのキムチは絶品ですが、絶品なのは間違いないですが、ここへ持ってくるのだけは勘弁してくださいよ」

土門の言葉で、千さんはクックと思い出し笑いをしている。キムチという言葉を聞いた

だけで、怜は腐臭と硫黄臭にキムチの匂いが混ざり合った気がした。

「あれ、いつだったかね？　キムチで大騒ぎになったのは」

「もう二年くらい前だと思うわ。あのときはまだ、折原さんも怜くんもいなかったけど、それはもう大事件だったのよ。ロビーから地下三階まで、全部がキムチ臭くなっちゃったんだから」

「そうでしたねぇ。あれは本当に大変でした」

「ありゃマズったよ。うまく漬かったから土門さんに食べさせてやらんじゃと思ってさ、タッパーに入れて持ってきたんだよ。ここへ来る電車の中から、チョイとマズいとは思ったんだけどさ、ここ来てタッパー開けたら、スゲえ臭いで大惨事でな」

「閉鎖空間ですからねぇ」

「臭えは臭えは……漬けてる本人はわからねえもんなのよ、鼻がバカになってるからな。まーっ、あれは驚いた、まー驚いた、こんな臭いがしていたのかと」

「そうなのよぅ。一週間くらいは消えなかったんじゃなかったかしら」

「ずっと臭ってて反省したな。キムチはマズいよ、キムチはマズい。ここへ持ってきちゃいけなかったんだよ」

珍しくも恥ずかしそうな小宮山さんは可愛いけれど、話はどんどん逸れていく。

苦笑しつつも怜は訊いた。

「それで、何かあったんですか？　朝早くからリウさんたちがいるなんて」

「別にお仕事の話じゃないわよぅ。牛鬼太郎が死んだっていうから、それを知らせに来てあげたのよ」

「テレビ見てたら誰でも知ってる話だからさ、別に、知らせに来たわけじゃなく、あれが死んだ理由をさ、野次馬根性で聞きに来たのが本当だ。ここなら何か聞けると思ってさ」

「やあねえ、野次馬根性なんて、はしたない」

小宮山さんにサバサバ言われると、リウさんは愛想笑いをした。

「まあ、でも、一理あるのよ。なぜって……ドラヤキ坊ちゃんは知らないかもしれないけれど、牛鬼議員のことはねえ、土門さんがずっとマークしていたんだから」

広目も同じことを言っていた。

「おれたちも、何回か掃除に呼ばれてさ、胡散臭いとは思ってたんだ」

「え？　議員に、ですか？」

「直接じゃねえよ？　電話してくるのは業者だな。本人は秘書にやらせて、秘書は業者に電話して、で、結局そういう仕事はさ、回り回っておれたちのところへ来るってわけだ。議員庁舎に牛鬼家の屋敷に、あとはほら、ラブホテルなんてのもあったよな？」

「あったわー、あった。あまりお下品なことは言いたくないけど、あの方はゲス野郎だったもの」

と、両手で口を覆ってリウさんが頷いた。

「あの人のまわりじゃ、人が何人も死んでるんだよ」

「そうなのよーっ。それも普通の死に方じゃないから、わたくしたちが呼ばれるの」

「そういう話をリウさんたちから聞いたので、ミカヅチ班でも怪しいと思って目をつけていたわけなのですよ」

土門の言葉に三婆ズは頷いた。

「普通はそんなにないでしょう？　同じ人のまわりで変死が続くって、ないわよねえ」

「どういう意味で怪しいんですか？　三婆ズが呼ばれたなら、普通の死に方じゃないってことですよね？　まさか、昨日の議員みたいに……」

言いかけて怜は考えた。

自分が見たのは凄まじい惨劇だったけど、それは異能が見せたビジョンであって、一般の人たちの目には見えていない。彼は車を止めさせて、怒鳴り散らしながら走り回って、倒れてバタついて死んだのだ。普通の人にはそう見えたはず。SPがAEDを持ってきて、蘇生《そせい》を試みたけど間に合わず、救急車が来て運ばれていき、病院で死亡が確認される。それだけのことなのだ。怜の考えを汲み上げたかのように、リウさんも冷静だ。

「わたくしたちから見ても、まともな死に方じゃないって意味よ。もちろん、腐乱死体とか、そういうことを言っているんじゃないのよ？　そういうのは状態が酷いというだけのことだから。でもね、あの人の周囲で死人が出ると、心臓がなかったり、髪の毛や、歯や、脳みそがなかったりするわけなのよ」

「どう考えたってまともな死に方じゃねえよなあ？　何かの力が働いてるから、そういう状態になるんだよ。もちろんろくな力じゃねえよ？　ホラー映画みてえなやつだよ」

「怜くんはさ、祓い師だったから知ってるよねえ？　ほら、この前も、肢解《しかい》刑場跡地のさ、生離蛇螺《なりじゃら》だっけ？　姦姦蛇螺《かんかんだら》？　なんかそういう蛇のオバケに殺された人がいたろ？手とか脚とかもげちゃって……要するに、そういう感じになっちゃうわけよ」

「それをお掃除するのは大変よ～。議員会館とかで死んだりするでしょ？　そうしたら、ニュースにならないように隠しても、議員の間で噂になるわよね？　あの人たちは、ほら、足の引っ張り合いが好きだから。だから必死に隠すわけ。ほかで死んだようにして、続けて使う死体を移動させたりね。だけど議員本人はそこで死んだのを知っているから、続けて使うの厭じゃない？　そこでわたくしたちが呼ばれるわけよ」

「国会議事堂の周りは幽霊の宝庫だからな。首相官邸でも幽霊は見るよな」

「あそこは渦巻いてるから仕方ない。富と権力に憑かれた亡者がウヨウヨしてるよ。お化け屋敷で稼げるくらいに」

三人は「なー」と頷き合った。

「それはね、わたくしたちもお仕事だから、跡形もなくきれいにしてくるわよ？　でも、知っていたらやっぱり気持ちが悪い、そういうものよね？　牛鬼太郎は酷いのよーっ、人死にがあるとすぐに部屋を替えさせるのよ。子飼いの議員に部屋を譲って入れちゃうの」

「そうそう。勿体《もったい》つけてな、『きみのために部屋を譲るよ』とかなんとか言ってんじゃねえの？　恩を売るふりしてさ、その実、自分が厭なだけでな」

「それを陰で嗤うのよーっ。あの人は酷いわよーっ」

「おれは早乙女聖子《さおとめせいこ》のファンだったからさ」

「早乙女聖子って誰ですか？」

「やだぁ、今の若い人は知らないの？　昭和の清純派女優よ、銀幕スター。わたくしは若いころ、よく早乙女聖子と間違えられたものよ」

「リウさんの若いころなんかどうでもいいけど、早乙女聖子は、もう、なんていうか、次元の違う美しさでさ。怜くんが知っている女優さんで言ったら、吉永小百合《よしながさゆり》？」

吉永小百合は知っている。見かけだけじゃなく、心も美しいと思わせてくれる女優さんだ。清楚で可愛く、美しい。赤バッジのデスクの写真の女性もそういうタイプだ。

「吉永小百合だって昭和の銀幕スターじゃないか。怜くんの年なら、松田聖子《まつだせいこ》？」

「あらぁ？　松田聖子はイマドキかしら。女優じゃなくって歌い手じゃないの」

「いえ、だいたい想像がつきました」

と、怜は言った。千さんが先を続ける。

「早乙女聖子は牛鬼太郎の最初の奥さん。人気絶頂のとき結婚してね、しかもずいぶん歳が離れてて」

「あんなジジイと結婚なんて、そのときからおれは牛鬼が嫌いになったんだけど、案の定……」

「早乙女聖子は自殺したんですよ」

と、土門が言った。

「結婚して二年ほどだったでしょうかね。自殺の原因は公になりませんでしたが、牛鬼が女優を奥さんに迎えた理由は、ほかの先生方に抱かせるためだと噂があったようでした」

「人間の皮を被ったゲス野郎だな。早乙女聖子の自殺だってさ、あれほど人気があったのに、ちょっとしかニュースにならねえで、おかしいなとおれは思ったよ」

「ニュースにできないニュースは怖いわよーっ」

「怜くんさ、心臓がなかったのは彼女なんだよ。よっぽどハートが傷つけられて、それであんな死に方をしたんじゃないかと、あたしたちは思ったもんだよ」

「心臓がないって、どういう状態ですか？　バケモノに襲われて、心臓を食べられたってことですか？」

三婆ズは顔を見合わせ、一番年長のリウさんが言った。

「バケモノが食べに来たとは言わないけれど……そうねえ……さっきも言ったように、牛鬼議員の現場は変死ばかりで、でも、一応は事故や自殺で通ってきたのよ」

「怪異が起こした事件ではない？」

土門班長を見て訊くと、

「ミカヅチが出動したことはありませんねえ」

と、答えた。

「……悪魔が関わると、そういう感じになるんですか？」

悪魔は狡猾だと広目や警視正が言ったのを思い出して、考えた。今まで対峙してきたモノと、悪魔は違うというのだろうか。いや、そもそも同じ怪異なんてないのかもしれない。悪魔は悪徳商人のようだと警視正は言う。先ずは相手を知らないことにはどうにもできない。けれども、こっちが知ろうとすればするほど悪魔はそこを欺いて、人間に『知っている』と思わせる。罠は各所に張り巡らされ、自分を賢いと思っている傲慢な人間ほど奴らの罠にかかりやすいと。

そして広目が『極意京介も傲慢だ』と、言ったことを思い出す。

「聖書によれば、神と一緒に世界や人間を創ったのが悪魔ですからね。彼らはこの世界や人間のことを、神の次によく知っているということになります。だから、たとえば牛鬼議員と何らかの契約を交わしていたなら、議員に疑いの目が向くような方法で誰かを殺すことはない。さらに言うなら、そうしながらも悪魔は人より上の存在であることを誇示します。よって普通の死に方にはなりません。必ずサインを残すからです」

「そうなのよ。みんなそういう死に方なのよ。自殺や事故だけど、実際にはあり得ない感じね？　わたくしたちはお掃除のプロだからまだいいけれど」

「よかぁねえよ」

と、小宮山さんは手で宙を払った。リウさんはめげずに続ける。

「先に現場へ入った警察の人たちが、ショックで動けなくなっているのを何度も見たわ。どうして牛鬼議員のまわりでばかり、そんな死人が出ると思う？　何度も噂になったけど、そのうちにね、みんな恐れて言わなくなるのよ。利口な人は上手に離れていくけれど、うまい話に乗せられてブレーンになったら大変よ？　どんな責任を負わされて、自殺させられるかわかったものじゃないんだから」

「そうそう。心臓だけじゃねえよ？　脳みそとかさ、髪の毛、爪に、あと『歯』ってのもあったよなあ」

「あったねえ。あれはビックリだったわ」

「心臓、脳、髪の毛、爪は、悪魔が好んで食べる人の部位で、サインです」

と、言ったのは土門だ。

「え……よくわからないんですけど、死んだ人からそれらの部位が持ち去られるってことですか？　それを悪魔に食べさせるとか？」

「安田くん、それは比喩《ひゆ》よ。本当に食べるわけじゃなく」

神鈴はポシェットの蓋をパチパチ鳴らす。

「死体からなくなってんのはホントだよ。だけど怜くんが考えてるようなオカルトめいた感じじゃなくてさ、異常と普通の真ん中あたりを上手に演出したって言うかな。早乙女聖子の場合はさ、転落して亡くなったんだよ。牛鬼家の邸宅は明治時代の建物で、お城みたいな階段があってさ、こう……」

と、千さんはモップから手を離して空中に螺旋《らせん》を描いた。

「階段が曲がってるでしょ？　それで、天井も高くてさ」

ずいぶん上を見上げて言った。

「あそこらへんに手すりがあって、天井の真ん中あたりに、でっかくてキラキラしたシャンデリアが下がっていてさ、奥さんはそっちの手すりから落ちて……」

落ちてくる彼女を目で追うように、千さんはヒューッと下を見て、ギュッと目を閉じた。吸血鬼に杭《くい》を打ち込むように、自分の心臓あたりを手で叩く。

その人は、何かに心臓を貫かれて亡くなったのだ。

「階段の親柱にね、家紋をデザインした彫刻があったのよ。手裏剣みたいな家紋でね、先が槍《やり》みたいに尖っているの。それが早乙女聖子の心臓を突き破ったというわけよ。現場を見たら酷かったわよーっ。ホラー映画も顔負けよ」

「警察が行ったときにはさ、まだ突き刺さったままだったって。だから言ったろ？　心臓は押し出されていて、なかったんだよ」

そういうことか。

怜は思わず顔をしかめたが、土門たちも同様に深刻な顔で唇をひき結んでいる。

「心臓は天井まで飛んで、シャンデリアの上に落ちてたな。あれが、まー、掃除に苦労して日が暮れた。ガラスの部品が細けえんだよ」

「そうだったわねえ。わたくしは思ったものよ？　お金持ちなんだから、汚れたシャンデリアなんか捨てちゃって、新しいのを買えばいいって。だけど、そうしないのよ？」

「ああいうところに人間性が出てくるな。業《ごう》ツクバリのしみったれは、お掃除ババアに掃除をさせりゃ、安く済むと思ってな」

「そうなのよ。だけど、そうはいかないわ。わたくしは三桁《けた》の請求書を送ってやったの」

「三桁じゃ、あのシャンデリアは買えないと思うよ」

「あらあ〜、そんなにするかしら？」

「するんじゃねえの。それか、由緒正しきお屋敷は新しい電器を買っても似合わないとか、色々あったのかもしんね。わかんねえけども」

「でも小宮山さん。その理屈はおかしいわ。それなら訊くけど、シャンデリアは古いものをお掃除して使うのに、奥さんは若くて新しいのを取っ替え引っ替えしていいの？　わたくしは納得がいかないわ」

「リウさんがどう思おうと関係ねえんだよ」

シャンデリアを磨いたことがよほど業腹だったのか、指先で部品をつまむマネをしながら小宮山さんは訴え続ける。

「その細けえのをひとつひとつ磨いてさ、それがまあ、議員がそばにいて見張ってんだよ。『丁寧にやれよ、そのガラス一粒、いくらするかわかってんのか』って、えっらそうに言ってたけどさ、おれは粗相をしたふりで、こんなもの割ってやろうと思っていたよ」

「やめてよ。足が出ちゃうじゃないの」

「それがなかなか割れねえんだよ。さすが昔の職人はいい仕事をしたってもんだ。ガラスに罪はないけどさ、よくもここまで飛び散ったと思うほど血が……」

「もうけっこうです」

と、怜は言った。昨日の議員は顔も体も腐っていた。でも、奥さんが亡くなったのにシャンデリアの心配をしていたのなら、最初から全部が腐っていたのかもしれない。

「あとね、髪の毛がない人は自動車事故だったのよ。窓から頭部が出ていたみたいで、車が横転したとき頭部を路面で擦ったの。大根をおろすみたいに眉毛から上が真っ平らになっていたって聞いたわ……だけど、わたくしたち史上一番壮絶だったのは、歯が……」

「わかりました。もう充分です」

怜は両手を挙げてストップをかけた。

「わかったかい？　あたしらが議員の話を聞きたくて来たのは、死んだ人らの無念を知ってるからだよ。そりゃ聞きたくなるよ……あの悪人が、どんな目に遭って死んだかさ」

「だけどもまさかその場に怜くんがいたとはなぁ。悪いことはできねえもんだ。それにしてもジジイの最期《さいご》はおれも見たかった」

「わたくしもぜひ拝見したかったわーっ。さぞかし、ろくでもない死に方をしたことでしょうね。亡くなった方たちの怨みは深いわよー。いいように利用されて、罪をかぶせられて、そのまま死んでいったんですもの。わたくしたちはお仕事だから黙っていたけど、お掃除してても腹が立ったし、気分が悪かったくらいよ」

「どんなだったの？　……見たんだよね？」

三婆ズは口々に訊ねたが、微に入り細を穿《うが》って説明するのはもう厭だ。思い出すと気分が悪くなるから、怜は簡単にまとめて言った。

「一刻も早く死んだほうがマシと思うくらいには酷かったです」

三婆ズは顔を見合わせ、

「そうよねーっ、やっぱりぃ」「なあ」「自業自得だ」

と、満足そうに頷き合った。

牛鬼議員はよくテレビに出ていたが、悪い噂を知らずに見ている限りは、とても上手に立派な人のふりをしていた。顔つきは卑《いや》しい感じがしたけれど、外見で人を判断するのはよくないと、怜は深く考えなかった。そもそも雲の上の人だから、私生活に思いを巡らせることもなかったし……それがこれほどまでに周囲に嫌われ、怪しい噂があったとは。

もしもミカヅチ班に勤めていなかったなら、あの死にざまを目にすることはなかったし、悪い噂も知らずにいたのだ。人は見ていることや聞こえることで判断するから、真実を秘されれば外見に騙される。牛鬼議員の死にざまを知って『ざまあみろ』と公に言う人は少ないということだ。彼は立派な仮面をかぶったままで荼毘《だび》に付されるが、その魂は煉《れん》獄《ごく》に連れ去られ、契約の利息分まで貪り喰われる。人々はそれを知らずに彼を悼んで偲ぶのだ。昨夜のシーンを思い出し、不条理にゾッとして、怜は腹が痛くなる。

そのとき入口ドアがまた開いて、

「牛鬼太郎が死んだそうですね！」

甘いテノールを響かせながら、赤バッジが入ってきた。アメリカから帰ってきたのだ。彼はチラリと三婆ズを見てから、ズカズカと部屋を横断して警視正のデスクで止まった。

「ただいま戻りました」

「そうか」

警視正は彼を見上げると、しばし顔を見つめてから訊いた。

「どうだったかね？」

「はい。おかげさまで、今のところは」

土門も自分のデスクから問う。

「予定より早く戻りましたね。牛鬼議員の件ですか？」

「そうです。急遽呼び戻されて、寝ていません。絶賛時差ボケ中ですね」

「ならば時差ボケ頭をシャキッとさせてやろうか」

奥で広目がそう言った。

「昨晩、うちの新入りが、議員の死にざまを見たそうだ」

広目の言葉で赤バッジが振り向いた。一瞬その目が赤く光って見えて、怜は冷水を浴びせられたようにゾッとした。眉毛のない赤バッジの眉間から、二本の角が生え出すような気さえした。

「見たのか」

と、赤バッジが訊く。怜は無言で頷いた。

「全部か」

「概ねは……たぶん」

「ならばアレも見たんだな？　どこにいた。どうだった」

アレとはおそらくアレのこと、地獄の犬のことだろう。

「どうと言われても……」

オフィスにいる全員が怜の反応を待っている。

ここは異形が起こした事件を処理する班なのに、三ツ頭の野獣や議員の死がどう特別で、彼らの興味を引いているのかわからない。怜は静かに報告した。

「最初は昨日の朝でした。出勤途中の道で腐った血や肉片が落ちているのに気がついたんです。追いかけて銀杏並木まで行ったんですが、さほどのことでもない気がしてきて、そのまま忘れてしまいました。ほかの人には見えていないみたいだったし、遅刻するとマズいので」

赤バッジがずいっと一歩近寄ってくる。その目は赤く光っていないが、彼の鼓動が聞こえる気がした。どうしてだろう。赤バッジの動揺を感じる。

「次はここから帰るとき……お濠の脇を歩いていると、妙な熱波を感じたので、立ち止まって上を向いたら、この建物の屋上に、雲霞みたいな塊と、空が赤く燃えているのが見えて……もっとよく見ようとしたけど、そのときはよくわからなくて──」

赤バッジは返事をしない。先を促されているのだと思った。

「──それが屋上を飛び下りてきて裁判所前の歩道橋に立ったとき、初めて巨大な獣のようだとわかりました……下を通る車を狙っているようでした」

「そこへ議員を乗せた車が通りかかったというわけだ」

警視正がその先を言う。

「そうです。獣は飛び上がって、姿が消えると車が止まり、中から人が出てきました。SPも、女性秘書も降りてきました。議員はすでに半狂乱で……たぶん、本人以外は獣が見えなかったんだと思うけど、悲鳴を上げてガードパイプを乗り越えて走り出したので、みんな車から降りて、追いかけて止めようとしてましたけど」

「そりゃ怖ぇょな、でっかいバケモノに追われていたんじゃ」

「でも、ほかの人には見えなかったなんて、勿体ないわーっ」

小宮山さんたちが騒ぐので、

「あんなものは見ないほうがいいです」

怜は本気でそう言った。

「だが、おまえは見たんだな？　言ってみろ、何を見た？」

「極意くん」

と、土門が囁く。それ以上訊くなと言いたいようだ。しかし赤バッジはさらに近くへ寄ってきて、怜が着ているシャツの襟首をおもむろに掴んだ。

「教えてくれ。何を見た」

「赤バッジ」

奥で広目も席を立ち、頭に載せていたタオルが落ちた。赤バッジはもう一度言う。

「おまえには見えたのか？」

「見えました……けど」

「何を見た？」

言っていいのか悪いのか。怜は土門や警視正の顔色を窺おうとしたけれど、赤バッジは体で二人を隠してしまった。襟首を掴まれた手から赤バッジの感情が伝わってくる。興奮、焦り、動揺、恐怖、どうしてなんだ？　怜はわけがわからず混乱した。

「黒い犬です」

「どんな」

「どんなって……」

仕方がないので怜は話した。犬の大きさ、揺らめき立つ体毛に吐き出す息、血の涎、異様な姿。獅子ほどもある犬の頭部の両側に鷲と狒々の頭がついていたこと、コウモリの翼、サソリの尻尾、そして昨日は言わなかったけど、議員の体を切り裂いた鋭いかぎ爪のことまでも。跳躍力、喉が鳴る音、あの臭い、残忍で容赦のない攻撃も。

赤バッジは凍ったように怜を見つめていたが、数秒してからシャツを離した。絞められていたわけじゃないけれど、怜は思わず喉をさすった。

「大丈夫？　極意さん……」

心配そうに聞いたのは神鈴だが、赤バッジは答えない。

普段はかしましい三婆ズも、このときばかりは沈黙している。

え？　何なんだ？　怜はメンバーたちの顔色を確認したが、彼らが共通の何かを抱えているること以外はわからなかった。蚊帳の外に置かれるのは不快だと警視正が言った言葉を、いま、自分が体感している気分であった。

赤バッジは自分のデスクから椅子を引き、そこにドッカリ腰を下ろした。

その瞬間を待っていたようにリウさんが言う。

「それじゃ、わたくしたちはこれで」

「おそうじ、おそうじ……おそうじババアはお掃除せんじゃ」

「お邪魔したねえ。折原さん、土門さん」

モップを小脇に抱えてバケツを持つと、三人は逃げるように部屋を出ていった。

不穏な空気がかき混ぜられて、ドアが閉まったとたんに土門が席を立って言う。

「さあ。では……先ずはお茶を淹れましょうかね」

けれどもこの朝の怜は土門について給湯室へ行こうと思えなかった。自分のデスクにリュックを下ろして椅子を引き、それを赤バッジの前まで転がしていって、そこに座った。

赤バッジはこちらを見ようともしない。バリアを張られたような気がしたから余計に、怜は待つことにした。

部屋にはまだ妙な空気が漂っている。神鈴も広目も何も言わないし、警視正も腕組みをしたまま黙っている。

ここに配属されたときから、怜は同じことを考えていた。

みんなは共有できていて、自分には知らされていないことがある。

最初はそれが居心地悪く、仲間たちが他人の生死をドライに扱うことも好きではなかった。まとまったお金ができたなら、すぐにやめてしまうつもりでもあった。

でも、いつの間にか、怜はここに居心地のよさを感じるようになった。顔も名前も知らない父親に警視正が重なって、土門のことは信頼している。広目を見るたび美しいと感じるし、神鈴のことは可愛いと思う。三婆ズを大好きになったし、『ぎゃはは』という赤バッジの笑い声も大好きだ。

だからこそ、怜はミカヅチ班のことを深く知りたいと願っている。知りたいことのひとつは警視正が首なし幽霊になった理由で、でも強引に訊こうとしなかったのは、自分が秘密を知るに相応しい相手だと彼らに認識してもらえたときに、きっと話してくれるはずだと信じたからだ。怜は自分を認めてほしい。だからそのように努力する。逆に、むやみに問うて答えてもらえなかった場合に傷つくことが怖くもあった。

警視正が死んだ理由は、とうとう聞いた。

結局何が起きたかわからないけど、話を聞けたことが大切だった。

何かが変われば世界全体が影響を受け、何かが変われば先も変わると彼らは言った。そうであるなら、先ずは自分が変わってみないと始まらない。ぼくにできることは少ないとしても、こんなふうに極意さんの不安や恐怖を感じた今は、話を途中で終わらせちゃダメなんだ。怜は無言で赤バッジのそばにいる。

彼は完全無視を決め込んで、数分後にはジロリと睨んできたけれど、普通の顔で待っていた。赤バッジを視界に捉えているわけだから、神鈴や広目や警視正の表情を窺い知ることはできなくて、でも、それでいいと思った。

ぼくは今までこの部署のお客さんだったけど、そろそろ仲間と認めてほしい。仲間になるには責任を共有しないとダメだ。みんながぼくを密かに案じてくれているように、ぼくもみんなを案じたい。こんなぼくにもできることがあるなら知りたい。極意さんの力になりたい。問うでなく、語るでもなく怜は待つ。たとえ力になれないとしても、せめて自分がここにいることだけは知ってほしいと願って待った。

広目も神鈴も何も言わない。警視正の声も聞こえない。沈黙は異常に重苦しいまま、さらに数分間も続いた。怜と赤バッジの周囲では、土門が給湯室で沸かしているヤカンのお湯がピー!と鳴り、広目が髪に巻いていたタオルを持って別室に消え、神鈴がポシェットに手をかけたまま、警視正と顔を見合わせていた。やがて給湯室から、

「あちち……」

と、土門の声がしたとき、不意に赤バッジは、「ぷは」と笑った。

「にらめっこかよ、バカかおまえは」

そして椅子を回してデスクに着いた。

透明保護シートの上につっぷすと、真っ赤になって笑っている。

「ぎゃはは……本物のバカってスゲーな！　初めて見たぞ」

「ふっ」

と、どこかで広目が笑う声がした。そちらを見ても姿はないのに、あれは絶対に広目さんだと怜は思った。どこかで様子を見ていたな？

赤バッジは笑っている。自分としてはもの凄く真剣に一歩を踏み出したつもりだったから、怜は耳まで真っ赤になった。とても深刻で重大なことが赤バッジに起きていると感じたからこそ、全霊を傾けて彼を案じた。それなのに、本物のバカだって？

「ごっ、極意さんは……なんなんですか、え？　だって……」

怒りと恥ずかしさで口をパクパクさせていると、ドライヤーで髪をサラサラにした広目が洗面所を出てきて、

「赤バッジよ」

と、至極静かに宣った。

「ああ？」

赤バッジは顔を上げ、笑いすぎで滲《にじ》んでいた涙を拭った。広目が続ける。

「俺は、おまえとはことごとく価値観が合わないと思ってきたが……」

「それはこっちも同様だ」

「だが、今はそうでもないと思っている」

神鈴が驚いた顔をして、赤バッジと広目を交互に見ている。怜は二人の間に流れる奇妙な緊張感に体が固まるようだった。赤バッジは強面《こわもて》の顔をしかめて広目に訊いた。

「何が言いたい？」

「いや……初めておまえと意見が合った。その新入りは、本物の大バカだ」

そして広目は唇の片側だけをニヤリと上げた。

「俺は今まで、おまえ以上のバカを見たことがなかった。だが、新入りは、おまえよりもずーっと大きな、大バカだ」

「……え……ぼくですか……？」

怜は答えを求めて神鈴を見たが、ニコッと首をすくめただけだ。広目は続ける。

「赤バッジ。いい加減、素直になったらどうだ」

赤バッジは笑うのをやめて広目に向かって吠えた。

「うるせえ」

「他者の命運を背負うのが、カッコいいとでも思っているのか。本当はおまえもわかっているはずだ。それはおまえのエゴにすぎない。喪《うしな》いたくないのはおまえのほうで、そのために」

「アマネは黙ってろ」

と、赤バッジは鋭く言った。いつもの甘いテノールではなく、地獄の底から響くような声で。けれども広目はまったく怯《ひる》まず、むしろ近づいてきて言った。

「下の名前を呼び捨てにするな。おまえに天と呼ばれる筋合いはない」

「何度だって呼んでやる。アマネ、アマネ」

「ほほう……いい度胸だな、悪魔憑きの分際で俺にケンカを売っているのか」

「もう、二人ともやめてよ、大人げないわね」

神鈴がパチンと音を立ててポシェットの口を開いた。

「いい加減にしないと、イライラの虫を憑けるわよ」

それで突然、二人の間にあった奇妙な緊張が消し飛んだ。広目は知らん顔をして席に着き、赤バッジも暴言を吐くのをやめた。自分の席から立ち上がって神鈴が言う。

「広目さんの肩を持つわけじゃないけど、極意さんも、そろそろ安田くんに話したら？ああ見えて安田くんは芯《しん》が強いと思う。それに、誰よりもよく見えるんだもの。ずっと隠してはおけないわ」

「恥じるのでなければ隠す必要はあるまい……どうなんだ、赤バッジ」

「そうですねえ。そろそろそれもいいでしょうかね」

給湯室から首だけ出して土門が言った。ヤカンのお湯を冷ましているところなので、すぐに引っ込む。美味しい煎茶を淹れることは、土門の矜持で楽しみなのだ。

「極意くん。みんなの前で報告するかね？」

警視正がデスクから訊いた。

赤バッジは怜を振り返り、無表情でしばらく見つめた。眉毛がなくて怖い顔だが、視線を真っ正面から受け止めてみると、ギラギラした瞳の奥に、澄み切った美しいものが見える気がした。赤バッジは人の姿をしているけれど、すべてが人ではないのだと、そのとき怜は気がついた。彼が纏った狂犬のような印象は極意京介という男の外側にかぶせられた幕のようなものなんだ。本当の彼は内側にいて、必死に何かを守っている。命を懸けて守っている。もしかしたら、魂すら懸けているのかもしれない。

「写真の女性……」

考えるより早く、口から言葉が飛び出していた。

怜は立って赤バッジのデスクを指した。

「その人って誰なんですか？　奥さんですか？　それとも恋人？」

訊ねたときに考えていたのは、愛する人が魔に囚われて、彼女を守るか、奪還するために、彼は悪魔憑きになったのだろうというものだ。けれど答えは違っていた。

「妹だ……バーカ」

妹？　と、怜は視線で警視正に訊いた。彼は件の扉の前にいて、真面目な顔で頷いた。

「極意くんの妹さんはアメリカにいるのだよ。日本ではできない治療を向こうでずっと受けているのだ」

赤バッジは背筋を伸ばして警視正に告げた。

「心臓の移植手術は成功しました。ただ……心臓移植はリスクが大きく、感染症に注意が必要ということで、行動制限もあるし、食べ物も飲み物も普通のようにはいかないという説明を受けてきたところです」

心臓移植……怜は心で反芻《はんすう》した。ドナー探しはもちろんだけど、それをアメリカでやるのなら、どれだけお金がかかるのだろう。今までは赤バッジのことを、悪魔の力を自在に使える異能力者としか見てこなかった。スーパーマン。班の誰よりスーパーマンだと思っていた。

赤バッジは怜を振り向き、鼻を鳴らした。

「悪魔なら人の心臓くらい簡単に手に入れられるとでも思ったか」

「いえ、そんなことは」

「赤バッジに同情するとか、やめておけ。それを余計なお世話と呼ぶのだ」

広目がすかさずそう言った。いつだったか、赤バッジも広目に対して同じことを言った気がする。赤バッジの刺すような視線にさらされているとき、給湯室からお盆を持って土門が出てきた。最初は警視正に、そして自分のデスクにお茶を置き、怜らの分はお盆のままで差し出してくる。神鈴が立ち上がってマグカップを取ると、赤バッジも自分の湯飲みを取った。怜は自分の分を取り置いて、広目の席までお茶を運んだ。

ずず……と、お茶を啜る音がして、しばし。最初に口を開いたのは赤バッジだった。警視正の前に立ったまま、冷や酒を飲むような仕草で茶を飲んでいる。

「教えてやるよ……新入りが見たのは『地獄の犬』だ。牛鬼議員は悪魔と契約して今の地位を手に入れた。ま、地位以上のものも、色々と手に入れたようだがな。契約を履行して、悪魔は代金を徴収に来たというわけだ。それをおまえがたまたま目にした」

「やっぱり地獄の犬なんですね。あんなモノは初めて見ました」

怜は深く頷いた。

「ああしたモノは、犬の霊でも犬のバケモノでもないですが、なぜか『犬』と形容されることが多いのです。その正体は『あちらのモノ』で、個体ですらありません。けれどもなぜか犬という」

両手で湯飲みを抱えた土門の、丸いメガネが曇っている。彼は講義をする大学教授のような口調で言った。

「地獄の犬と聞けば、西洋の悪魔を思い描く人が多いですがね、仏教にも地獄の教えはありますし、どちらも似たようなものでしょう。それが証拠に、日本にも地獄の犬に言及した文書が残されています。思うに、魔界の異形が発する声が犬に似ているからではないかと……これは私の個人的な意見ですが」

土門はメガネの上の隙間からチラリと赤バッジを窺った。赤バッジはいつも通りの仏頂面で茶を飲んでいる。土門は続けた。

「天明のころに出版された『善悪業報因縁集《ぜんあくごうほういんねんしゅう》』に、『蘇生して地獄の苦を恐れ善人と成し事』という話が出てきます。安永《あんえい》のころ、豊後国臼杵《ぶんごのくにうすき》領内にある法泉庵《ほうせんあん》村に伝右衛門《でんえもん》という悪い男が住んでいました。病《やまい》に罹《かか》って百日ほど患い、ついにコロリと死にますが、半日ほど経ったところで突然息を吹き返し、あの世で見てきたことを語るのです。

自分は死ぬと思った瞬間、真っ暗闇に吸い込まれ、気が付くと上も下もない闇のただ中にいた。しばらくすると犬の吠え声が聞こえてきたが、その恐ろしいこと、恐ろしいこと、なにものにも譬《たと》えようがなかったと。それでも何かに譬えてみろと言われた伝右衛門は、よく考えてこう言いました。この世で一番恐ろしい音は雷が落ちたときの音だが、地獄の犬の吠え声は、雷鳴と落雷の音を百も合わせたより恐ろしかった。あまりの怖さに念仏を唱えていると、なぜか現世で目が覚めた。闇の中で聞いた犬の声だけでもあれほど恐ろしいのであれば、地獄になど一時たりともいられない。だから今後は善人になって、決して地獄には近づきたくないと仏心を起こして、念仏者になるわけですね」

「落語なの？」

と、神鈴が呟く。

「さあ、どうですか」

土門はニコニコしながら、

「今この話をしていて大切な部分は、それが『犬の声』だったという点です。安田くんが見たモノが犬の姿だったことからしても、代償を受け取りに来るのはやはり犬様のモノということになりますか」

怜はハッと赤バッジを見た。

「もしかして、極意さんだったんですか？　牛鬼議員に犬を放ったのは」

赤バッジは眉尻を下げて怜の顔をじっと見た。

「バカか？」と、問う。

「そうだとさっきから言っている」と、広目は笑った。

「おまえは俺を何だと思っているんだ？」

責めるような口調でもなく赤バッジは怜に訊ね、

「俺が奴らの手下になって、何かしたことは一度もないぞ」

と言ってから、

「まだな」

と、付け足した。怜は首を傾げる代わりに眉をひそめた。ちっとも説明になってない。

赤バッジは「ふう」と溜息を吐き、時差ボケの頭皮を掻き上げた。

「あのな……」

　とても苦しそうな顔をして、一呼吸置いてから彼は言う。

「俺の妹は臓器が腐る病気なんだよ」

「え？」

　赤バッジは苦笑している。笑うような話ではないというのに。表情の奥に感じられるのは諦めとも苦悩ともつかない悲しみだった。

「動脈が詰まって腸が壊死《えし》したりする病気は知られているが、俺の妹はそれが突然、体のあちこちで起きるんだ。原因は不明だが、臓器移植を受けると定着するんだ」

　何と言ったらいいのだろう。怜は言葉を探せなかった。けれど、言葉ではなく直感で理解したことがある。彼は、まさか、そのために。

「契約を、したんですか」

「そうだ」

　赤バッジは頷いた。

「二年になる。日本ではできない手術をするために、アメリカへ渡らなければならなかった。だから、俺は……はぁ……あのな……渡米の費用も、技術を持った医者も、ドナーさえ、奇跡のように間に合うんだよ。大金が入ってきたり、担当医から話を聞いた向こうの医者が、珍しいケースだからと治療チームを名乗り出てくる、タイミングよくドナーが見つかる……驚くだろ？」

　このことだった。と、怜は突然理解した。

　広目さんが言っていたのは、極意さんのことだったんだ。

　他者の命運を背負うのがカッコいいとでも思っているのか。

　広目さんはさっき、極意さんに訊ねた。そしてぼくにはこう言った。

　人は自分以外を救いたがるが、それは愚かなことだって。人は誰も何も持たずに生まれてきて、何も持たずに死んでいく。この世に生きるわずかな期間をどうするか、決めるのも進むのも努力するのも自分次第で、人はそれを選べると。だから、悪魔と契約して妹の運命を肩代わりした彼を、愚かで傲慢だと思っているんだ。

「極意さんは、どうして……どうして契約なんかしたんですか？　え、妹さんの命と引き換えに、何を支払う約束ですか」

　前のめりになって怜は訊いた。心の中では絶望し、怒ってもいた。

　ここはミカヅチ班なのに、どうして誰も極意さんを止めなかったんだろう。悪魔と契約してもいいことなんかひとつもないのに、それをわかっているはずなのに、どうして彼にそれを教えて忠告してやらなかったのか。隠蔽はするけど救いはしない。それがポリシーだからと言うなら、人として、そんなポリシーは間違っている。

　牛鬼議員の死にざまが脳裏に浮かび上がってきた。腐った体と、腐った顔、生きながら朽ち果てていた彼の姿と、腐肉を貪る黒犬の姿が。

「支払うものは、俺の体だ」

極意京介はそう言った。

「どうしてそんなバカなことを……地獄の犬を見なかったんですか？　あれが、どんなに
……」

怜はそこで言葉を切った。ウソだ。まさか、極意さんには地獄の犬が見えてないんだ。

そしてミカヅチ班のメンバーを見た。

たぶん、誰にも見えてないんだ。見えてないから知らずにいたんだ。見えていないから
聞きたがったんだ。アレがどんなにおぞましく、凶暴で、醜くて、恐ろしいかを。

「彼を止めなかったんですか？」

怜は広目にそう訊いた。広目は赤バッジのバディじゃないか。どうして悪魔と契約なん
てさせたんだ。

「止めようがない。そのころ、俺はまだ赤バッジと会ってもいないのだからな」

「極意くんがミカヅチに加わったのは一年前のことなのですよ。悪魔憑きになる前も彼は
優秀な刑事でしたが、異能者ではなかったのです」

「眉毛もあったし、イケメンで女子職員の人気が高かったのよね」

と、神鈴が言った。赤バッジは無視して言った。

「俺が連絡係にされたのは被疑者をボコボコにして殺しかけたからだ。パワーの使い方にまだ慣れていなかったんだよ」

ニヒルに笑う。

「そんな……だって、それじゃ……」

「真理明《まりあ》ちゃんは、極意さんにとってたった一人の家族なの。事故でご両親が亡くなったあと、極意さんが育てていたようなものなのよ」

「俺を愚かなヤツだと思ってんだろ？　……女々《めめ》しいと」

怜は強く頭を振った。そんなことを考えていたわけじゃない。誰だって大切な人を亡くしたくない。なにかできることがあるのなら、何だってやろうと思うはず。でも、悪魔はダメだ。あんなモノと話をしたり、ましてや契約なんかするのは絶対ダメだ。

「悪魔はどうやって極意さんに取り入ったんですか」

訊くと赤バッジはニタリと笑った。自分を卑下するような笑い方だった。

「今にして思えば、おそらく俺が呼んだんだろうな。真理明が不治の病に冒されたと知ったとき、全霊で運命を呪ったからな。両親を殺しただけじゃ飽き足らず、真理明まで奪うのかと、神も世界も憎んだよ。それを奴らに聞かれたんだな」

「向こうから接触してきたんですか？」

「そうだ。医者の姿でな」

と、赤バッジは言う。

「俺は普通の人間だったし、まさかそういうモノが本当に、この世にいるとも思わなかった。相手は普通の医者だった。少なくとも俺にはそう見えた」

聞いて怜はゾッとした。そして一瞬ビジョンが見えた。

大病院の白い廊下だ。集中治療室の中待合だ。ぽつねんとソファに掛けて祈るように両手を組んで俯《うつむ》く彼に、一人の医師が近づいていく。薄っぺらくて細長く、血も肉も内臓もない、無気味で冷たい外見だけの人の空蟬《うつせみ》。けれど普通の人間にそんなことはわからない。まして全霊で家族を案じているときは。

極意京介は顔を上げ、立っている医師の声を聞く。相手が悪魔だなんて気付いてもいない。当たり前だ。誰が気付けるというのだろう……悪魔は囁く。

──難しい病気ですが、まったく手立てがないわけじゃない。妹さんを助けられますよ。

赤バッジは立って言う。

──助けてください、お願いします。できることは何でもします。

腰を二つに折り曲げて、医師に頭《こうべ》を垂れている。ああ、クソ！　このとき彼は、神でなく悪魔を崇拝したんだ。知らずに偶像礼拝をして、神の加護から外れてしまった。

──臓器移植が有効です。けれど簡単ではありません。ドナーもですが、治療費が……。

――言ってください。用意しますから。

医師がニヤリと笑うのを怜は見た。空っぽで、歪んでいて、薄っぺらで、残忍な、あまりにおぞましい笑みだった。

――わかりました。極意さんがそこまで言うのなら、詳しい説明を致しましょう。

医師は赤バッジの背中に手を添えて、彼をどこかへ連れていく。

前方にあるのは中待合のドアだけど、ドアの向こうは異世界だ。たぶんこっちとそっくりな、病院のかたちをしているのだろう。普通の人には気付けない。それともそのときの赤バッジなら、知っていても妹を救うために行っただろうか。

「医者に何を言われたんですか？　妹の命と引き換えに何を要求されたんですか」

「だから言ったろ？　俺の体だ」

「体をどうすると言われたんです？」

赤バッジは「ふん」と笑った。

「それ以上の説明があると思うか？　俺の解釈はこうだった。心臓、腎臓《じんぞう》、脾臓《ひぞう》に肺、俺の体をすべて使って、真理明を助けるつもりだったよ」

「自分の命と引き換えに？　臓器すべてを彼女にあげるつもりだったんですか？」

「そうだよ。当然だろ？　ほかに何ができるんだ？　俺に何ができると思う？　持っているものはなんでもやるさ。妹だぞ？　たった一人の――」

ふん、と広目が息を吐く。赤バッジは自分を嗤った。

「――医者は、金の心配はいらないと言った。珍しいケースだから、データを取らせてくれれば、治療費に困らないよう配慮をすると」

警視正がデスクから言う。

「直後、極意くんに大金が転がり込んだそうだ。ご両親の事故の裁判が決着し、相手方が莫大《ばくだい》な慰謝料を支払ったのだ」

「時を同じくしてアメリカの医療施設から打診があったそうですよ。そして彼女はアメリカへ渡りました。最新医療を受けるために」

赤バッジは怜に言った。

「人間と違って、異界のモノは約束を破らないと知ってるな？　ウソも吐かないが、もっと狡猾な手を使う。絶対に、関わった者を幸福にはしないんだ。俺は騙され、真理明を人質に取られたんだよ」

そうだろう。よくわかる。怜は無言で赤バッジを見ていた。

「奴らはいつまでたっても俺の臓器をよこせと言わない。真理明のどこかが腐るたび、ドナーが出てきて彼女は助かる。だがすぐにまた別の場所が腐るんだ。それがどういうことか想像がつくか？」

赤バッジの瞳の奥には激しい怒りが燃えている。彼の妹がどんな姿で生きながらえているのか、それを思うと総毛立つ。たぶん彼女は死ねずにいるんだ。そして全身の臓器が入れ替わったとき、悪魔は契約の履行を告げて、赤バッジの全身を手に入れる。臓器も、皮膚も、血管も、何もかも。そのとき地獄の犬が来る。赤バッジを屠《ほふ》るために。

「……酷い」

「そうだ。酷い。だが、俺がそれを選んでしまった。妹を失いたくないばかりに突っ走り、今はあいつを、死ぬより苦しめているんだよ」

赤バッジは、だから、いつも見えるところに彼女の写真を置いているんだ。彼女の本来の姿を忘れないため。彼女の魂を守るため。そして自分を責めるため。

「俺は生まれながらの悪魔憑きじゃないが、俺自身が悪魔じゃないと言う気もない。神を呪ったのは確かだし、奴らが用意した金は喜んで使った。ドナーの臓器も喜んだ。それが死んだ誰かからもらった臓器だということは、一切考えないようにした。真理明が死ぬのは許せなかったが、誰かが死ぬのは容認したんだ」

「……どうだ……きみは赤バッジを責めるか?」

と、広目が訊いた。

怜は首を左右に振った。

「そんなこと考えてません。ぼくにはもっと何もできないんだから、極意さんを責める気も、同情する気もないですし……ぼくが考えていたのは――」

件の扉を見つめて、そこに浮き出す文様を見た。文様は今や獣の笑う口のようだった。

「――いったいなにが起きようとしているんだろう、ということです」

赤バッジは不思議そうな顔をして、土門は警視正と顔を見合わせた。広目と神鈴はそれぞれに眉をひそめて怜を見ている。

――時が来る……その時が来るぞ……――

警視正が死んだ夜、平将門の首塚で聞こえた声を思い出す。極意さんは二年前まで悪魔憑きじゃなかった。妹の真理明さんは写真のとおりに美しくて元気な人だった。警視正も幽霊じゃなかった。そしてミカヅチ班にぼくはいなかった。

「極意さん」

怜は真っ向から赤バッジを見て言った。

「話が聞けてよかったです。ぼくは、あなたを、生まれつきのスーパーマンだと思っていたから」

「バカを言え」

「この班の人たちはみんな『そっち系』のエリートばかりなんだと思っていました。でも、そうじゃなかった」

そして赤バッジにニッコリ笑った。

「昨夜、地獄の犬を見た後で、怖くてここへ逃げ帰ってきたんです。なんでここに来てしまったか、そのときはよくわからなかったけど、ここに来たなら安全だと、そんなふうに感じたからだと思います」

「ここはシェルターでもなんでもないわよ？　むしろ日本で一番危険な場所よ」

「ですよね？　だから思ったんです。ここより危険な場所がないのなら、アレもここには近づかないんじゃないかって」

「安田くんって、ホントに時々バカみたいよね」

神鈴はポシェットをパチンと鳴らした。怜はヘラヘラ笑って頭を掻いた。

「笑っているけど、ぼくは怒っているんです。そりゃもう本当に怒ってる。誰かを大切に思う気持ちにつけ込んで契約させるなんて、ぼくは悪魔を許さない」

「許さない？　は、おまえは自分を何様だと思っているんだ」

赤バッジはイタい人を見るような目を怜に向けた。そしてその目を広目に向けると、

「こいつがバカだという見解に関しては、俺もアマネと同じ意見だ」

「だから、下の名前で俺を呼ぶなと言っている」

あまり厭そうでもなく広目は答えた。赤バッジも広目も、このバカいきなり何を言い出したんだという顔をしている。二人だけでなく、神鈴もだ。土門班長と警視正はポーカーフェイスでよくわからない。むしろニヤニヤしているように見える。

そうだ、ぼくはきっと、バカなんだ。でも、バカだから怒っちゃいけないわけではないし、バカが怒って、何もできないわけでもないぞ。

「警視正が言いました。悪魔は狡猾で侮れない。稀に悪魔の裏をかいたというような話を聞くが、プロモーションだから気をつけないといけない。奴らは人に『知っている』と思わせる。自分を賢いと思っている人間ほど奴らの罠にかかりやすいって」

「だから、なんだ？」

「その言葉、そっくりそのまま返してやろうと思います」

「はあ？」

赤バッジは顎を前に突き出して、誰でもなく広目の顔を見た。

どうすんだ、このバカを？　と、怜には赤バッジの心の声が聞こえた。広目は目を閉じたままだったが、突然、両目を開いて水晶の眼球を光らせた。顔が整っているから余計に、金色に光る瞳の迫力はもの凄い。

「奴らを手玉に取るというのか。どうやって」

「まだわかりません。でも、やり方はあるはずです」

「バー（カ）」

と赤バッジが言い終わらないうちに、怜は彼を振り向いた。

「根拠はないけど、すべて必然だった気がします。警視正が死んだのも、ぼくがここへ呼ばれてきたのも」

「何の必然だよ」

「わかりません……まだ」

赤バッジは立てた人差し指を振り回し始めた。

「俺はこんなバカに会ったことがない！　俺の話をガッツリ聞いたか？　奴らがどんなに狡猾で、人の心の裏をかき、必ず欲しいものを手に入れて」

「でも、必ず、じゃありません。まだそういう例を知らないだけです。ぼくが」

そう言いかけたとき、怜は自分の全身が、ぼうっと光っているのを知った。

それは土門が吹きだまりアパートを掃除したとき、赤バッジと共に光っていた様子によく似ていた。何かを意識したわけじゃない。術を使ったわけでもなければ、技を使ったわけでもなかった。赤バッジも土門も声を失い、神鈴と広目は立ち上がり、警視正は眩《まぶ》しくて首を真後ろに回した。

両手を広げて目の高さにしても光は消えない。十本の指、そして両腕、胸も、両脚も光っている。怜は驚き、戸惑って、思わず体を扉に向けた。そのとたん、発光するエネルギーが真っ直ぐ扉に向かって走り、扉の表がグニャリとねじれた。同時に赤い文様もねじれ、再び元に戻ったとき、怜の体は光を失い、扉には、初めて見覚えのある模様が浮かび上がっていた。

それは梵字の『サ』であった。地下に眠る何かを封印して護るため、警視庁本部の建物が象《かたど》っている『呪《しゅ》』のかたち。真っ赤な文様はしばし現れ、ミカヅチ班が見守るうちに姿を消した。後に現れたのは子供の落書きとしか思えないデタラメで幼稚な模様であった。

誰一人言葉を発しない。

怜も自分で驚いていた。

そして数秒経ったとき、仲間たちは一斉に怜を振り向いた。

「今のはなにかね？　安田くん」

訊ねたのは警視正だが、怜は答えを持っていなかった。もう一度手を見ても、光るものなど何もない。両脚や床を見下ろしても、どこも光ってなどいない。気分が悪いこともなければ、逆に高揚《こうよう》してもいない。怜はただ、赤バッジをあの犬に喰わせたくないだけだった。そのためにはなんだってやる。悪魔の裏をかいてみせるし、努力は一切厭《いと》わない。彼が背負わされた重荷の少しを自分が背負うと決めただけのこと。

その赤バッジは額に手を置き、静かに首を左右に振った。

「……あー……その……なんだ」

甘いテノールで言うと、やおら怜の肩に手を置いて、横目でジロリと睨んだ。

「十四時間も時差があるからな……俺は……ちょっと仮眠してくる」

置いた手のひらに力を込めて、すぐに離れた。

「わかりました。お疲れ様です」

間抜けな挨拶を返したとき、自分の気持ちは彼に伝わっているのだと、怜は確信に近い感覚を得ていた。一歩踏み出せば何かが変わる。そして何かが変わったならば、やがて世界も変わるかもしれない。悪いほうへも変わるけど、いいほうへだって変わるはず。赤バッジが部屋を出ていくと、怜は彼のデスクへ寄って、妹だという女性の写真を眺めた。もはや知らない誰かではない。この人は極意さんの大切な家族で、光だ。名前は真理明。

「きれいな人よね」

神鈴もそばへ来て言った。

「はい。ほんとうに」

強面の赤バッジとはちっとも似てないけれど、悪魔が憑く前の彼となら、似ていたのだろうかと考える。どうやって悪魔の裏をかいたらいいのだろう……対価を支払うべきならば、悪魔に何かを売ったらどうか。そういう姑息な考えだって、何もやらないよりはマシなんじゃないか。

牛鬼議員の死にざまを目にすることができたのがぼく独りだけだというのなら、もはや闘わずに済ませることなどできない。と、怜は密かに心を決めた。

エピローグ

　言葉と裏腹に小宮山さんが自家製キムチを持ってきたのは、赤バッジが日本に戻った次の日だった。

　その日、地下三階のフロアは阿鼻叫喚《あびきょうかん》の渦に包まれた。

　出勤時から惨劇が始まっていたわけじゃない。それは午後の休憩時間に、ゴロゴロというお掃除用カートの音と共に襲ってきたのだ。最初に部屋のドアが開き、飛び込んできたのは赤バッジだった。彼はドアが勝手に閉まらないよう入口に仁王立《におうだ》ちになり、

「とんでもねえぞ！」

　と、大声で叫んだ。

「破壊兵器がやって来る。新入り、お茶だ！　湯を沸かせ！」

　静かで平和なミカヅチ班の午後は、その一声で吹き飛んだ。

　廊下をやって来るカートの音。そして微かなニンニク臭。赤唐辛子と塩辛の臭い。

「何事ですか！」

　と、土門がアタフタしている間に、掃除道具を詰め込んだお掃除カートを押した千さんと、両手で鼻を押さえたリウさんが、すさまじい臭いとともにオフィスへ乱入してきたの

だった。陰謀の張本人である小宮山さんは、笑い転げて痛む腹を両手で抱えて入ってきた。

「やだ。キムチ持ってきちゃったの?」

そう叫んだのは神鈴だが、彼女はとても嬉しそうに、『混乱と戸惑いの虫』をポシェットに採取し始めた。

「ババアが普通の漬物と間違えて、休憩室でキムチのタッパー開けやがったんだよ」

三婆ズが部屋に入るとすぐさまドアを閉めて赤バッジが言った。

「休憩室の階からここまで、警視庁中がキムチの臭いだ」

「そうなのよーっ。しかもイマドキ流行のね、真空になるタッパーだったから、開けてみるまでキムチだとわからなかったのよ」

「キムチは開けたら最後だからね。いちおうさ、臭い隠しで掃除道具の一番下に」

千さんが伸び上がってカートの中をかき混ぜ、弁当箱くらいの小さな入れものを取りだしたとき、警視正が臭いで噎《む》せた。

「こりゃ強烈だ。生きているときは大好物だったが、動物性の調味料が入っているな」

涙を流して笑いながら、小宮山さんが言う。

「アミの塩辛と鰹節粉《かつおぶしこ》な、あとは人参《にんじん》、生の栗《くり》、ニンニクと唐辛子と酒と塩、オイスターソースもちょっと入れてな……新しいタッパー買ったまではよかったんだけど、中身が見えなくてさ、白菜漬けと間違えたんだよ」

「持ってこないでくださいと、お願いしたじゃないですか」

土門も真っ赤になっている。

怒っているわけではなくて、臭いの処理に困っているのだ。

「ごめんごめん。だけど、わざとじゃないからさ」

「庁舎を見学に来た人たちが、キムチの匂いがすると騒いでいたぞ」

赤バッジは自分の服に匂いが付いていないか確かめている。

「とりあえず一番被害のない場所へ持ってきたからな。後は頼んだ」

赤バッジがそう言って出ていこうとするのを、小宮山さんが止めた。

「これはもう、どうしようもないからさ。みんなで食べるしかないよ」

「バカ言うな。キムチ臭くて刑事ができるか」

「それなら極意くん、日本茶を飲んでいけばいいでしょう。ここにはシャワーもありますし、食べ終えたら歯を磨いて、濃い緑茶で洗い流せばよいです」

「そっちでやれよ。俺はパス」

「逃げるつもりか？　人生はギブアンドテイクだ。こんな臭いを運んできて、自分だけ逃げようなどとは思わぬことだ」

広目はすでに長い髪をひとつにまとめて縛っている。土門は小宮山さんのキムチを会議用テーブルの中央に置くと、警視正に匂いが行かないように、上着を脱いで頭蓋骨入りの巾着袋にかぶせた。警視正の幽霊は、土門の上着を頭からかぶって真後ろを向いている。

「安田くん、皆さんにお茶を」

と、土門が言った。

「そうなのよ。食べてしまうしかないのよね。だけど休憩室で食べるわけにもいかなくて……極意ちゃんの機転で助かったわあ」

「ありゃ機転とかじゃねえからな。悪魔憑きのくせにアタフタしてさ、おれたちを追いやっただけのことじゃねえか」

小宮山さんの言い方が真に迫っていて、怜は思わず笑ってしまった。

「なんだよ?」

「いえ、別に……極意さんでもそんな顔をするんだなって」

「あ？　そんな顔ってどんな顔だよ？　言ってみな、どんな顔？」

「阿呆《あほう》のように新人をかまうのはよせ」

広目が近くへ寄ってくると、彼のファンであるリウさんはかいがいしくキムチを取り分け、楊枝を刺して広目に渡した。広目はそれを口に入れ、シャキシャキと嚙んでから、

「旨いな」と、言った。

「今まで食べた、どのキムチより旨い」

「バカを言え。……本当か？」

赤バッジは素手で白菜をつまみ上げ、口に放り込んでから、「むむ」と唸った。

「ヤベえな、これ」

「そうだろーっ？　旨いだろーっ。おれのキムチを食べたらさ、買ったキムチなんか旨かぁねえよ、あんなのは、保存料が入ってるからさ」

「わかる。小宮山さんの漬物は天下一品だものね。まあ、私は買ったのも好きだけど」

神鈴はちゃっかりと正面に座り、タッパーの蓋にどっさり自分のキムチを取った。

「みんなで食べれば怖くないのよ。早くいただいてお茶を飲みましょ」

「安田くん、今回のお茶は濃くてもかまいませんからね」

「え……はい」

と、怜は給湯室へ駆けていき、ヤカンにお湯を沸かして舞い戻ると、キムチはみるみるうちに減っていった。手を伸ばそうとすると、赤バッジがタッパーごと怜の前に寄せてくれた。小宮山さんのキムチは白菜の軸の部分が真っ白で、葉にはほどよく色が染み、口に入れると辛さよりも甘みと旨みが広がる味だ。唐辛子の辛さに奥深さがあり、薄く切った生の栗が何とも言えない歯ごたえを演出している。

「うわ……焼き肉が食べたくなる味ですね」

「白いごはんにも最高だと思う」

「そうだろ？　今度、白いごはんも持ってきてやるかい？」

「それはやめて」

と、神鈴が即座に断った。

「食べたくなったらもらいに行くから、ここへは持ってこないでね」

「臭いでスプリンクラーが回るとまずいですからねえ」

「極意さん、いらないって言っていたのに食べ過ぎよ」

「誰のおかげでこれを食えたと思っているんだ」

「悪魔憑きは口を慎《つつし》め。おまえではなく、小宮山さんのおかげではないか」

「アマネには言っていない。黙ってろ」

「俺を下の名前で呼ぶなと何度言ったら……」

「安田くん。お湯がピーピー鳴っていますよ」

キムチに群がる仲間を尻目に、怜は給湯室へ立っていく。

それでもテーブルを離れる瞬間、赤バッジや広目や神鈴や土門が、視線で自分を見送ってくれていることには気がついていた。お盆の上に湯飲みを並べ、ヤカンの中の湯を少し冷ました。口臭を消すための緑茶でも、美味しく淹れるに越したことはないだろう。丁寧に茶葉を測りながら、怜はみんなの声に耳を傾け、

「勉強するぞ」

と、自分に言った。

ミカヅチ班の仕事は怪異が起こした事件の始末だ。誰も救わない。何も祓《はら》わない。隠蔽して秘すのが任務とわかっているけど、流れを変えることならどうか。

強引に結果を変えるのではなく、無理に何かをすることもなく、高い位置から俯瞰《ふかん》して、流れの方向を見極めて、自然にそれを変えるなら。

自分のカップの脇に、怜は赤バッジの湯飲みを置いた。そして湯を注いだ急須を静かにそっと優しく回した。

見えないものとは闘えない。見えないものには怖さを感じることもできない。

それは欠点であり、利点でもある。黒犬が見えない者は契約の恐ろしさを知らないが、見えないからこそ、その瞬間まで平気で生きていられたとも言える。

怜は一瞬目を閉じて、赤バッジが襲撃されるビジョンを頭から追い払おうとした。彼をあんな目に遭わせるのは厭だ。何もやらずに諦めるのも厭だ。則を越えるのもよろしくない。でもきっと、どこかに答えがあるはずだ。

「キムチ終わっちゃうわよー、安田くん」

神鈴に言われて「はーい」と答えた。

爆弾級のキムチの匂いも、慣れてしまえば愛おしい。怜はお茶を載せたお盆を抱えて、仲間たちの許へと急いだ。笑いがはじける会議用テーブルでは、タッパーの蓋に少しだけ、怜の分が残されていた。

To be continued.

参考文献

「善悪業報因縁集」より「蘇生して地獄の苦を恐れ善人と成し事」(『仏教説話集成　二』西田耕三校訂（国書刊行会）所収)
『術』綿谷雪（青蛙房）
『英国幽霊案内』ピーター・アンダーウッド　南條竹則訳（メディアファクトリー）
『宗教の日本地図』武光誠（文春新書）
『本居宣長『古事記伝』を読む　I〜IV』神野志隆光（講談社選書メチエ）
『神になった日本人』小松和彦（中公新書ラクレ）
https://masakado-zuka.jp/　史蹟将門塚保存会

本書は書き下ろしです。
この物語はフィクションです。実在の人物・団体とは一切関係ありません。

〈著者紹介〉

内藤 了（ないとう・りょう）

長野市出身。長野県立長野西高等学校卒。2014年に『ON』で日本ホラー小説大賞読者賞を受賞しデビュー。同作からはじまる「猟奇犯罪捜査班・藤堂比奈子」シリーズは、猟奇的な殺人事件に挑む親しみやすい女刑事の造形がホラー小説ファン以外にも広く支持を集めヒット作となり、2016年にテレビドラマ化。本作は待望の新シリーズ第3弾。

禍《まが》事《ごと》

警《けい》視《し》庁《ちょう》異《い》能《のう》処《しょ》理《り》班《はん》ミカヅチ

2023年3月15日　第1刷発行　　定価はカバーに表示してあります

著者…………内藤《ないとう》 了《りょう》

発行者…………鈴木章一

発行所…………株式会社 講談社

〒112-8001 東京都文京区音羽2-12-21

編集03-5395-3510

販売03-5395-5817

業務03-5395-3615

KODANSHA

本文データ制作…………講談社デジタル製作

印刷…………株式会社広済堂ネクスト

製本…………株式会社国宝社

カバー印刷…………株式会社新藤慶昌堂

装丁フォーマット…………ムシカゴグラフィクス

本文フォーマット…………next door design

ISBN978-4-06-530868-4　N.D.C.913　238p　15㎝

火喚びの遊女、招くべからず。

人の成せる業、
限りあることを知れ。

警視庁
異能処理班
ミカヅチ

第四弾

内藤了

講談社
タイガ

2023年夏。救いたいと願うのは、罪か業か。